LA
Descente
D'ORPHEE
AVX
ENFERS,
Par
CHARLES
DE
L'ESPINE
Parisien.
LOVANII
Typis Phil. Dormalij.
cIↄ.Iↄc.XIII.
Cum gratia et priuileg.

A
TRESHAVTE
TRESPVISSANTE
ET
SERENISSIME
PRINCESSE
ANNE
ROYNE DE LA GRAND
BRETAIGNE &c.

MADAME,

IL y a quelque temps que mon esprit s'est occupé à la composition de ceste Tragedie d'Orphée, l'ayant acheuée, eu esgard aux honneurs, & aux bien-faicts qu'autresfois il a pleu à vostre

*2   Ma-

Maiesté me faire, i'ay pris la har-
diesse de l'exposer à la mercy
des ondes pour s'aller presente
aux pieds de vostre Maiesté. Ie
sçay bien, MADAME, que
peu de chose n'est pas capabl
de payer le tribut d'vn si grand
deuoir, mais il vous plaira d'a
uoir plustost esgard à l'extrém
desir que i'ay de plaire à vostr
Maiesté, qu'à mon peu de meri
te. I'ay tiré ce subiect d'Ouide
soubs lequel se cache vne bell
moralité, par laquelle il est ais
à cognoistre que comme l'om
bre suit le corps, ainsy l'enui
suit la vertu, & ressemble au
cantarides qui s'attachent tou
iours aux plus belles fleurs: D

ceſte façon les Bácchátes agitées
des fureurs de Bacchus donne-
rent la mort à ce Poëte Thracien
ialouſes de ſes perfections, où
vous Madame tout au contraire, par les rares vertus que le Ciel
vous a departies, dez l'heure de
voſtre naiſſance, & par vos libe-
ralitez pouuez reſeruer l'eſtre à
vn million d'Orphées, s'ils ſe
pouuoient trouuer. Fauoriſez
donc, Madame, ce mien pe-
tit labeur, vous promettant (ſi
i'ay la moindre cognoiſſance
qu'il vous retourne à gré) que
dans peu de temps ie vous feray
voir quelq; œuure de plus grande haleine, ſçachant combien la
ſeule opinion de faire choſe qui

* 3   ſoit

soit aggreable à vostre Maiesté
me hausse l'ame, & le courage
par dessus mes forces ordinaires.
Cependant ie supplieray la sou-
ueraine bonté du Tout-puissant
qu'il gratifie vostre regne d'autant d'heur & de prosperité, qu'il
l'a faict par cy deuant de merueilles, attendant que ie vous
puisse tesmoigner que ma fin ne
me peut estre que trop de gloire, pourueu qu'elle vous puisse
asseurer de mon inuiolable affection à vostre seruice, Comme de Vostre Maiesté

Le Treshumble & Tresobeyssant

Seruiteur

CHARLES DE
L'ESPINE.

Stances à la Royne.

ROyne l'honneur de l'vniuers,
Ie ne puis dire par mes vers
Vos graces qui sont sans pareilles;
Lon ne sçauroit les reciter,
Encore moins vous imiter,
Estant si pleine de merueilles.

Car qui voudroit dire le los
Qui dedans vostre ame est enclos,
Il faudroit ressembler aux Anges,
Et auoir vn esprit diuin,
Autrement ce seroit en vain
De penser dire vos loüanges.

Aristote finit ses iours
Dedans les flots, cherchant le cours
Du grand flus & reflus de l'onde,
Ainsy celuy la se perdroit
Qui par trop curieux voudroit
Raconter vos vertus au monde.

En naissaut le Ciel vous a faict
En vos grandeurs l'esprit parfaict,
Et remply de sagesse extréme,
Pour estre en ce rond spatieux
Comme le Soleil dans les Cieux
Qui n'est semblable qu'à soy mesme.

AD AVTHOREM
EPIGRAMMA.

NVnc cingunt geminis Diui tua tempora lauru,
    Et benè: qui meritis clarus, vtramq; refers.
Nam versu superas vates, & dulcius Orphea
Nosti dulcisonæ tangere fila lyræ:
Iure igitur spissis Orpheum demerseris vmbris,
    Dum versu & cythara nomen in orbe refers.

I. Q.

A Monsieur de L'ESPINE.

LESPINE descriuant la gloire & le trophée
    Qu'au Royaume des morts emporta cét Orphée
Iadis tant renommé pour son Luth & ses vers,
Tu as pris vn subiect qui t'est fort conuenable,
Par tes vers comme luy tu te rends remarquable,
Et fais voler ton nom par tout cét vniuers.

    Orphée par le son de sa douce Musique
Attiroit bien à soy quelque peuple rustique,
Ou quelques citoyens des antres & des bois,
Mais toy, tu fais bien plus, car par la resonance
Des cordes de ton Luth tu as telle puissance
Que tu rauis les cœurs des Princes & des Roys.

I. D. S. I.

A L'AVTHEVR

Quatrain.

L'Vn prisera ton Luth, l'autre ta Poësie,
Vn tiers se trouuera d'vn iugement diuers,
Chascun en iugera selon sa phantaisie,
Moy ie t'admireray pour ton Luth & tes vers.

G. D. B.

AV
MESME AVTHEVR
EPIGRAMME.

LA terre dans son sein enferme ses tresors,
Et toy tu vas cachant au dedans de ton corps
Plus de dons pretieux que n'en a la nature,
Iupiter en naissant t'en a voulu combler,
N'espargnant du tout rien pour te voir ressembler
A ces deux puissants Dieux Apollon & Mercure.

R. F.

SONETTO
DEL SIGNOR
MICHEL-ANGELO
LE FORT.

ORFEO *sol Cantor frà mille Cantori,*
    Con vago, e dolce pastorale accento
    Della diuina Musica, e stromento,
    Vinse la rabbia di Leoni, e Tori.

Anco la moglie hauesse tratta fuori
    Del regno di Plutone, se contento
    Non fosse mai, per l'amoroso stento,
    Voltato dietro, onde perse i lauori.

Ma tu, L'ESPINE, *con si ricce spoglie*
    D'Orfeo, e di suoi non vincibili amori,
    Rendi ad amendue vitale aiuto.

Orfeo non diede la vita a sua moglie,
    Tu fai che l'vno, & l'altra mai non muori,
    Orfeo con carmi, Eurydice col liuto.

Au Lecteur.

A My Lecteur, pour satisfaire au
doubte que tu pourrois auoir
si tu as autresfois oüy quelques
vers de ces miennes Conceptions,
ie t'aduertis de ne les attribuer à
d'autres qu'à moy, i'ay receüilly les
minutes d'icelles esparses ça & là,
comme d'vn naufrage, non toutes,
mais celles que le hazard m'a peu
conseruer, pour les exposer au iugement d'vn chascun ; ce que i'en
ay faict, est plustost par prieres de
quelques vns de mes amys, que de
mon propre motif, toutesfois, affin
que nul ne se trompe, mon inten-
tion n'est pas d'employer cecy pour

excu-

excuſe contre vn tas de control-
leurs , qui ne voyent iamais rien
que pour y trouuer ſubiect de s'
deſplaire , ie me contenteray ſeul-
ment d'en laiſſer la cognoiſſance à
ceux qui iugent des choſes ſaine-
ment & ſans paſſion.

A LA ROYNE.

Vnique ſoing du Ciel, miracle de nos iours,
   Dont les moindres regards font naiſtre mille
     amours,
Receuez de bon cœur cette offrande petite,
Et penſez en voſtre ame, ô gloire des mortels,
Que s'il en faut offrir ſelon voſtre merite,
Lon n'en verra iamais fumer ſur vos autels.

Les

Les Acteurs.

Iupiter.
Mars.
Cupidon.
Phœbus.
Mercure.
Orphée.
Euridice.
Le Berger Amoureux.
Le Berger Chasseur.
Le Magicien.
Caron.
Esprit.
Pluton.
Proserpine.
Les Bacchantes.
Bergers.
L'Oracle d'Apollon.

LA DESCENTE D'ORPHEE AVX ENFERS,

ACTE I.

Les Dieux, Orphée, Euridice,
le Berger Amoureux, &
le Chasseur.

ORPHEE.

Vissantes Deitez, ô grands Dieux
immortels,
Nous deuons bien offrir sur vos di-
uins autels,
Nous deuons bien tous deux sacrifice vous rendre,
En signe des honneurs d'auoir voulu descendre
De l'Empire des cieux, & nos humanitez
Honnorer ce beau iour de vos diuinitez,
Ma chere espouse & moy ne pouuons satisfaire
Aux biens & aux honneurs qu'il vous à pleu nous
faire,
Nous vous remercions d'vn cœur deuotieux,
Ne pouuans vous offrir rien de plus precieux.

A IVPI.

IVPITER.

Orsus vinez heureux ; & que iamais l'enuie
Ne vous puisse troubler le temps de vostre vie,
Que vous ne puissiez point tomber entre ses mains,
Moy qui tiens dessur tous l'empire des humains,
Et qui regne au plus hault de la trouppe diuine,
Ie ne consentiray iamais vostre ruïne,
Tant que ma Deité dessur tous regnera
Iamais le feu du ciel ne vous offencera.

MARS.

Et moy qui soubs mes loix anime les grãds Princes,
Aux furieux assaults dans les grandes prouinces;
Qui leurs belles citez fais renuerser en bas
Par les rudes efforts des genereux combats,
Et qui suis redouté par l'effroy de mes armes,
Ie vous exempteray des sanglantes alarmes :
L'on recognoist assez la force & le pouuoir,
Que soubs mes estendars sans cesse ie fais voir.

CVPIDON.

A tous deux maintenãt mon bonheur ie vous dõne,
Et mon ardant brandon en vos mains i'abandonne,
Viuez d'vn bon accord le reste de vos iours,
Et contens iouïssez de vos belles amours :
Ayant dessoubs mes loix le ciel, l'enfer, & l'onde,
Et tout ce que l'on voit sur la machine ronde;
Ie veux malgré le sort, vous rendre desormais

En vos affections fidelles à iamais:
Vous serez si constans aux plaines Elisées,
Que vos ames seront de mes feux embrasées:
Si la mort a pouuoir de vos iours abreger,
Elle ne pourra pas vos constances changer.

PHEBVS.

Moy qui rends des mortels la poitrine enflammée,
Qui les rends à iamais heureux en renommée,
Qui donne iour aux Cieux, à la terre, à la Mer,
Qui puis de mes rayons ce bas monde enflammer,
Ie feray quelque iour par la douce harmonie
Du Luth & de la voix ensemblement vnie
Que le son rauissant de vos accords diuins
Pour r'animer les morts vn iour ne seront vains.

MERCVRE.

D'vn eloquent parler vostre ame genereuse,
Obtiendra le laurier de la flamme amoureuse,
D'vne subtilité, d'vn parler gratieux,
Vous serez sans pareil dans ce rond spatieux,
Vos discours releuez forceront la mort mesme
De vous prester secours dans le riuage blesme.

ORPHEE.

Tant que nous vserons le reste de nos ans,
Grace nous vous rendrons de ces diuins presens,
Et dessur vos autels nos ames enflammées
Seront à vous offrir nuict & iour animées,

Orsus donc mon espoir, il nous faut viure heureux,
Cueillant les fruicts d'amour dessur tous sauoureux,
Asseurez vous de moy, ne pensez que mon ame
Puisse sentir iamais l'ardeur d'vne autre flamme,
Car plustost l'on verra tarir toute la mer,
Qu'infidelle ie manque à vous vouloir aymer.

EVRIDICE.

Tout de mesme mon cœur, asseurez vous ma vie
Que ie n'auray iamais dans l'ame d'autre enuie,
Le Ciel n'a qu'vn Soleil qui nous donne le iour,
Aussi seul vous serez phare de mon amour,
Mais las! ie crains beaucoup que le destin contraire
De nos chastes amours tasche de nous distraire,
Helas! helas! ie crains qu'vn sinistre malheur
Vienne pour empescher nostre ioye & nostre heur:
Hymen s'en est allé d'vn courroucé visage,
Qui me faict soupçonner quelque mauuais presage,
Ce Dieu n'a point monstré de bon signe en partant,
Qui cause qu'en mon cœur ie le vay redoutant;
Car de luy seul despend nostre heureux Hymenée.

ORPHEE.

Non, non, ne craignez point puis que ceste iournée
Ensemble nous auons tant de presens des Cieux
Qui nous peut offencer en ce rond spatieux?
Iupin, l'Amour, Phœbus, & le Dieu des armées
Ne delaisseront pas nos ames enflammées,

Et si

Et si le Dieu nopcier nous veut abandonner,
Par offrandes & vœux taschons le destourner:
Ce pendant mon espoir allons cueillir les roses,
Qui sur vos leures sont nouuellement écloses.

LE BERGER AMOVREVX.

Entre tous les malheurs ausquels nous sommes nez
Ou d'vn sort rigoureux nous sommes destinez,
Las! ce n'est point d'offrir sa vie en sacrifice,
Ce n'est point de tomber aux creux d'vn precipice:
Ce n'est point de passer mille & mille dangers,
En allant visiter les pays estrangers,
Ny d'estre sur la mer à la mercy des ondes,
Quand par les vents esmeus elles sont vagabondes,
Ny se voir pour iamais en prison arresté
Sans consolation, reduict en pauureté,
Endurer de la faim, & de la soif ensemble.
Ce ne sont les plus gråds des malheurs ce me semble,
Ce n'est rien au regard des penibles tourments
Que l'amour faict souffrir aux fidelles Amants.
Ce Dieu plein de rigueur, qui soubs sa loy m'attire,
Me faict sans nul espoir endurer ce martyre;
Car depuis que ie sens ses traicts enuenimez
Ie regrette mes ans à demy consommez;
Ie vis sans nul repos, ce pendant que mon ame
Brusle dedans l'ardeur de ma cuisante flamme:
Lon ne peut exprimer le tourment rigoureux

A 3   Que

Que reßent nuict & iour mon eſprit amoureux,
Encores ce qui faict que plus ie me tourmente,
C'eſt que i'ay ce iourd'huy perdu ma chere amante,
Celle pour qui ie vis, cauſe de mes douleurs
Me rend ce triſte iour accablé de malheurs,
En preſence des Dieux, i'ay veu comment Orphée
A pris ce iour fatal deſſur moy ce trophée,
Ce iour malencontreux, ce iour plein de deſtin
Ils ont tous honnoré ſon nuptial feſtin:
Et ce pendant ie vis ſans eſpoir de remede
A ce mal enragé qui du tout me poſſede,
Et ce pendant ie vis, ie vis mais en mourant
Par la flamme d'amour qui me va deuorant
Par ceſt ardent brandon qui mon ame conſomme,
Comme le ver caché, qui va rongeant la pomme;
Que maudict ſoit le iour que ie vis la beauté
Qui me faict reſſentir ſa dure cruauté;
Et toy maudict Amour plein d'appas & de charmes
Qui cauſes maintenãt mes ſouſpirs & mes larmes,
Ie te maudis cent fois, puis que tu prends plaiſir
De tourmenter mon cœur d'vn amoureux deſir:
Mais que me ſert ce dueil? il me faut miſerable
Luy conter ma douleur & mon mal deplorable,
Ie luy feray ſçauoir le regret qui me poingt
Pour taſcher de guerir, & de ne mourir point:
Poſſible, luy diſant ma peine doloureuſe

Elle prendra pitié de mon ame, amoureuse;
Ie m'en vay la trouuer, affin que de ce pas
Ie puiſſe m'exempter de l'amoureux treſpas,
Mais las! ie crains qu'apres ma flamme deſcouuerte
Au mary m'accuſant, elle cauſe ma perte,
Qui prompt à ſe venger voudroit tirer raiſon
D'auoir en ſon endroict vſé de trahiſon,
Me faiſant d'vn chaſcun recognoiſtre vn infame
Pour auoir entrepris de luy rauir ſa femme:
Toutesfois c'eſt tout vn, aduienne qui pourra
La crainte du mary ne me le deffendra,
Las! il faut auſſy bien qu'au tombeau l'on me voye,
Car eſtant accepté mon cœur mourra de ioye,
Si ie ſuis refuſé ie mourray de douleur,
Par ainſy ie ne puis euiter mon malheur.

CHASSEVR.

Ie n'entends que ſouſpirs, que douleurs, & que
   plainctes,
De ceux qui de l'amour ont leurs ames atteintes,
Ie ne puis repoſer vne heure ſeulement
Sans entendre quelqu'vn lamenter ſon tourment,
L'Amour les tient ſi bien ſoubs ſon obeiſſance,
Que pour luy reſiſter ils n'ont nulle puiſſance,
Tous ces pauures Bergers en ſont ſi fort eſpris
Qu'ils en perdent du tout leurs ſens & leurs eſprits,
Pyrame tout remply d'amoureuſe careſſe

Mourut deſſur le corps de ſa chere Maiſtreſſe,
Sylla trahit ſes murs, & ſon païs auſſy,
Mettant deſſoubs Minos ſon pere à la mercy
Son poil d'or luy couppant, cauſe de ſa miſere
Pour en faire preſent au Roy ſon aduerſaire;
Dans le cœur de Biblis ce brandon s'alluma
Si fort, que ſans reſpect ſon propre frere ayma:
Et le chaſſeur Narcis eſpris de ce feu meſme,
Fut ſi fol qu'il deuint amoureux de luy meſme,
Et tant d'autres malheurs leſquels ſont aduenus
Pour auoir trop aymé les plaiſirs de Venus,
Pour auoir trop eſté d'amoureuſe nature
S'y laiſſant emporter du tout à l'aduenture,
Que m'en reſſouuenant, mon cœur n'a nul deſir,
De chercher en Amour ny ioye, ny plaiſir;
Pour moy ie ne le crains, autre aiſe ie pourchaſſe,
Tout mon contentement eſt d'aller à la chaſſe,
De courir par les bois, & dedans les foreſts
Pour prendre quelque cerf, tendre cordes & rets.

ACTE

ACTE II.

Le Berger Amoureux, Euridice, Chasseur, Orphée.

LE BERGER AMOVREVX.

Malheureux est celuy qui se laisse reduire
A ce cruel enfant, & par luy se conduire;
L'amour est tout ainsy que le fruict sauoureux,
Dont l'on mange par trop le trouuant doucereux,
Qui dedans l'estomach cause vne fiéure lente
Laquelle par le temps se rend si violente,
Qu'il n'y a plus moyen de pouuoir secourir
Le pauure patient qui resoult de mourir:
Tout de mesme l'Amour par sa charmante amorce
Nous prent par la douceur, & nous retient de force,
Et nous faict ressentir apres tant de malheurs,
Que pour vn peu de bien ce sont mille douleurs,
Il nous faict tant de mal si tost qu'il nous attrappe,
Que c'est vn grãd hazard si quelqu'vn en eschappe;
Car ainsy que l'on voit les saulx & les roseaux
Accroistre nuict & iour par la fraischeur des eaux,
Ainsy ce Dieu cruel se nourrit dans les larmes
Que respãdent les yeux par ses amoureux charmes:
Helas! ie n'en puis plus, ie ne puis esperer

De gaigner la beauté qui me faict souspirer,
Elle m'a reietté trop ingratte & cruelle
Luy racontant l'amour que i'endure pour elle,
Iurant par l'vniuers, & l'Empire des Dieux,
Que sur tous les mortels ie luy suis odieux,
Et pourtant ie ne puis de ses yeux me distraire,
Et plus ie suis constant, plus elle m'est contraire:
Ie voudrois bien trouuer le moyen d'euiter
Cet amoureux poison, & de luy resister,
Mais helas! ie ne puis; car tant plus ie m'y force,
Et plus cet ardent feu dans mon cœur se renforce,
Doncques ne le pouuant, il me la faut auoir,
Par la force, il me faut guerison receuoir,
Mais la voicy qui vient belle autant que superbe
Pour prẽdre dans ce bois la fraischeur dessus l'herbe
Auant que la forcer ie veux par mes discours
Tascher de l'esmouuoir à me donner secours.

    Ornement de nos iours, que le ciel fauorable
A faict naistre icy bas pour estre incomparable,
Beauté sur qui les Dieux ont versé largement
Tout ce qu'ils ont au Ciel de plus riche ornement
Delaissez ces desdains, & derechef ma belle
Ne soyez enuers moy desdaigneuse & rebelle:
L'amour ne se doibt point traicter par la rigueur
C'est par trop se monstrer cruelle à ma langueur,
Helas! si vous sçauiez l'amour que ie vous porte,

E

Et combien de douleurs vous aymant ie supporte,
Quand vostre cœur seroit semblable au diamant,
Vous prendriez pitié de mon cruel tourment.

EVRIDICE.

Ie te renois meschant, suborneur, temeraire,
Qui de ma chasteté tasches de me distraire,
Retire toy d'icy, ne trouble mon repos,
Ne m'importunes plus de tes sales propos,
Penses tu que ie sois vne femme volage
Pour mespriser ainsy la loy de mariage :
Vn amour desreiglé ressemble vn bastiment
Qui tombe pour auoir vn foible fondement ;
Vne femme de bien son Amour n'abandonne,
Qu'a celuy que le Ciel pour son espoux luy donne.
Mesme les animaux par exemple font voir
Que l'on ne doibt iamais manquer à ce deuoir,
Les Cigognes l'on voit d'vne telle nature
Que si l'vne d'entr'eux s'adonne d'aueniure.
A d'autre qu'à celuy que pour sien elle a pris,
Si tost que sur le faict les autres les ont pris,
Des ongles & du bec en font telle iustice,
Que d'vne prompte mort ils chastient ce vice :
A l'exemple ie veux mon honneur conseruer,
Et pour mon cher espoux mon amour reseruer ;
Pour la derniere fois Berger, ie te pardonne,
Va te pouruoir ailleurs, nature ainsy l'ordonne :

Tes

Tes discours ne sçauroient à ce mal m'inciter,
Tu ne perds que ton temps à me solliciter.

BERGER AMOVREVX.

Helas! que dictes vous, auriez vous bien enuie
Par ce cruel refus de m'arracher la vie,
Vous ferez plus de mal de me laisser mourir,
Que vous n'offencerez me venant secourir
D'vn mal le plus souuent vn grand bien en arriue.

EVRIDICE.

Plustost dans vn tombeau ie seray mise viue,
I'endureray plustost vne cruelle mort,
Que de faire iamais à mon espoux ce tort,
Va, c'est trop discourir, autre affaire m'emmeine.

BERGER AMOVREVX.

Où pensez vous fuir, demeurez inhumaine,
Puis que mon amitié ne vous peut esmouuoir
Par la force ie veux maintenant vous auoir:
C'est ores qu'il ne faut plus faire la mauuaise,
Il faut que dans ce bois promptement ie vous baise
Me pouuoir soulager, & ne le faire pas,
Ce seroit estre autheur de mon propre trespas.

EVRIDICE.

C'est t'efforcer en vain, meschant, abominable,
De croire m'inciter à ce forfaict damnable,
La sagesse & l'honneur resisteront pour moy,
Ie veux iusqu'à la fin garder ma chaste foy.

LE BERGER.

Vous auez beau parler, si faut il que mon ame
Par vos embrassemens amortisse sa flamme.

EVRIDICE.

Le feu sera plustost en glace conuerty
Que d'vn si sale faict le Ciel soit aduerty.

BERGER.

Ie ne puis plus tarder, allons c'est à ceste heure
Qu'il faut trouuer en vous ma fortune meilleure,
L'amour ne me permet de perdre vn temps si cher
Soubs ces arbres fueillus il vous faut approcher;
Affin que sans tarder ie iouisse à mon aise
Des plaisirs amoureux pour amortir ma braise.

EVRIDICE.

Tu mentiras meschant. **BER.** *Elle pense eschapper,*
A la course il me faut promptement l'attraper.

EVRIDICE.

A mon aide Bergers, au secours ie suis morte,

BERGER.

Rien ne vous seruira de crier de la sorte.

EVRIDICE.

Helas! c'est faict de moy. **B.** *Bos Dieux quel accidēt*
Vn serpent venimeux aux pieds la va mordant,

EVRIDICE.

Mourray ie sans secours, **BERG.** *quelle estrange*
aduenture?

EVRI-

EVRIDICE.

L'on me verra bien-tost dessoubs la sepulture.

BERGER.

Estant l'autheur du mal qui luy vient d'arriuer,
De crainte d'estre pris, il vaut mieux me sauuer.

LE CHASSEVR.

D'ou procede ce bruict, & quelle voix plainctiue
Soubs ces antres feillus rend mon ame craintiue.

EVRIDICE.

Orphée mon espoir, mon soulas, mon soucy,
Faut il sans te reuoir finir mes iours icy.

CHASSEVR.

Ie me veux approcher de plus pres pour cognoistre
D'où viennent ces souspirs, & qui ce pourroit estre
O Dieux qu'ay-ie apperceu! quelque diuinité
Semble se desguiser soubs ceste humanité:
Ie luy veux demander le subiect de sa plaincte,
La cause des douleurs dont son ame est atteincte
Nymphe, dont la beauté paroist dans ces bas lieux
Ainsy que le Soleil dans la voute des Cieux,
Dictes moy qui vous faict de la sorte vous plaindre
Ne celez vostre mal, vous ne deuez rien craindre.

EVRIDICE.

Passant qui que tu sois, qui me viens enquerir
Aduertis mon espoux que ie m'en vay mourir,
Fais moy ceste faueur, raconte à mon Orphée

Que la cruelle mort à ma vie estouffée,
Dis luy que me pensant exempter de la main
D'vn insolent Berger, malheureux, inhumain,
Qui pour m'oster l'honneur m'auoit seule attacquée
Vn serpent venimeux au talon m'a picquée;
Neantmoins en perdant la lumiere du iour,
Ie ne perdray iamais l'ardeur de son amour,
Car lors que ie seray dans la plaine Elisée,
Mon ame ne sera d'inconstance accusée.
Helas! ie n'en puis plus, la force du poison
A gaigné tout d'vn coup mes sens & ma raison.

CHASSEVR.

O grands Dieux s'en est faict, ie voy la mort qui
    bouche
Les souspirs & regrets de sa plainctiue bouche,
Accourez mes amis, vous bergers de ces bois
Venez pour secourir vne Dame aux abbois,
Ie n'entends ny ne vois personne secourable
Qui puisse estre tesmoing de sa mort miserable,
Et raconter au vray le malheureux méchef
Qui vient presentement de tomber sur son chef.

ORPHEE.

Sur toutes les saisons le printemps souhaittable
Est plaisant aux humains, gracieux, delectable
Dessoubs ces verds rameaux mon espouse à loisir,
Vient chercher la fraischeur, pour prëdre son plaisir,

Il me la faut trouuer, & iouïr auec elle
Des doux contentemens de la saison nouuelle,
Nous reposant icy, tant que Phœbus panché
Dessoubs l'autre orizon se soit de nous caché.
Ou estes vous mon cœur? respondez moy ma belle,
Et ne vous cachez pas de vostre espoux fidelle:
Mais qu'est-ce que ie vois, i'apperçois vn berger
Qui semble me voyant de visage changer.

CHASSEVR.

Infortuné mary, que de douleurs dans l'ame
Tu sentiras sachant la mort de ceste Dame.

ORPHEE.

O Dieux qu'ay-ie entendu, maintenant mes esprits
De crainte & de frayeur tout d'vn coup sont espris.

CHASSEVR.

O iour malencontreux! estrange destinée!
Me falloit il trouuer icy ceste iournée
Pour auoir veu la fin d'vne telle beauté,
Et pour estre tesmoing de ceste cruauté.

ORPHEE.

Ie suis tout esperdu, peu s'en faut qu'à ceste heure
Par ces tristes propos de crainte ie ne meure,
Qu'vn funeste accident sur ma belle arriué
Ne m'aye tout d'vn coup de son bel œil priué:
Il n'en faut plus douter, ha! mort pleine de rage,
M'as tu bien peu causer ce malheureux outrage.

M

M'as tu priué du bien que i'auois icy bas,
Auant que de gouster les amoureux esbats:
Las! ô Dieux, la voila deſſur l'herbe eſtenduë
Paſle, ſans mouuement, ayant l'ame renduë:
Las! helas! qu'eſt-cecy, d'où me vient ce malheur?
Puis-ie viure en durant vne telle douleur:
Veille-ie, ou ſi ie dors? n'eſt-ce point quelque ſonge
Qui me charme les yeux d'erreur & de menſonge?
Las! mon amy dis moy qui m'a cauſé ce tort,
Et d'où peut proceder ceſte ſoudaine mort:
Raconte moy comment ma belle eſt treſpaſſée.
Ne diſſimules point, ne troubles ta pensée.

CHASSEVR.

I'allois pour vous trouuer, vous m'auez preuenu,
Doncques ie vous diray ce qui eſt aduenu,
Laſſé de trop chaſſer dans ceſte foreſt ſombre,
Et venãt pour chercher la fraiſcheur deſſoubs l'obre,
Ie me ſuis arreſté tout penſif dans ce bois
Entendant ſes ſouſpirs, & ſa plainctiue voix,
Pas à pas doucement m'eſtant approché d'elle,
Ie cogneus que c'eſtoit voſtre eſpouſe fidelle,
Ie voulus l'aſſiſter, mais trop tard, car la mort
Luy faiſoit rudement reſſentir ſon effort,
Ses yeux demy fermez reſſembloient la lumiere,
Qui manquant d'aliment perd ſa clarté premiere,
Ne laiſſant neantmoins en reſtant quelque peu,

B   De

De parfois rélancer la lüeur de son feu,
Tout de mesme le peu qui restoit dedans l'ame
De vie & de vigueur à ceste belle Dame,
Mourant l'encourageoit de tristement conter
La douleur qu'elle auoit de si tost vous quitter,
D'vne piteuse voix à l'instant me conuie
De vous faire sçauoir qu'elle perdoit la vie;
Passant qui que tu sois dict-elle en souspirant
Aduertis mon espoux que ie m'en vay mourant,
Que pensant éuiter la fureur & la rage
D'vn insolent Berger, trop lasche de courage,
Qui par force vouloit me rauir mon honneur,
Vn venimeux serpent s'est trouué par malheur
Soubs mes pieds, en courant de frayeur esperdüe,
Et m'a cruellement à la iambe mordüe:
Mais bien que le destin & le sort rigoureux
Me separe le corps de son œil amoureux,
Ma fidelle amitié n'en sera separée;
Elle sera là bas d'eternelle durée,
En attendant le iour que ie le pourray voir
Ie luy reserueray ce fidelle deuoir.
Acheuant ces propos alors elle trespasse,
Tout ainsy qu'vn esclair qui promptement se passe
Et seul ie suis resté tesmoing de sa douleur,
Triste de vous conter vn si cruel malheur.

ORPHE

ORPHEE.

O iour malencontreux! ô perte incomparable!
Helas! se peut il voir homme plus miserable,
La perte que ie fais ne se peut estimer,
Non plus que les tresors du profond de la mer:
Le parfaict ornement de la machine ronde
Est maintenant là bas au Plutonique monde;
Et moy ie suis resté pour viure desormais
Accablé de douleurs malheureux à iamais.
Immortels qu'est-ce cy, sont-ce la vos promesses?
Est-ce de la façon que vous faictes largesses?
Est-ce de la façon que les pauures humains
Reçoiuent les presens de vos diuines mains?
Pouuez vous bien vser de telles tromperies?
Peut on trouuer au Ciel de telles piperies?
Prenez vous vos plaisirs d'abuser les mortels?
Lon ne doibt desormais offrir sur vos autels,
C'est abus que penser vous faire sacrifice,
C'est s'efforcer en vain de vous rendre seruice.
Cela ne sert de rien, puisque vos Deitez
Ne peuuent s'esmouuoir par nos humilitez,
Vous estes descendus ceste triste iournée
Pour rendre encores plus ma nopce infortunée,
L'honneur que i'ay receu m'est par trop cher vendu:
Mais ne parle-ie point comme vn homme esperdu.
O Dieux pardonnez moy, grandement ie m'abuse,

Enuers vos Deitez humblement ie m'excuse,
Ie sçay d'où vient le mal, ie l'ay bien apperçeu,
Vous n'estes consentans du tort que i'ay reçeu:
Nul de vous n'a faussé sa parole diuine,
Hymen tant seulement à causé ma ruine ;
Il est le seul autheur de ma triste douleur,
C'est luy qui ce iourd'huy m'a causé ce malheur;
Il tesmoignoit assez estant à l'assemblée,
Qu'il auoit du dessein de la rendre troublée,
Et que seul desiroit de me rendre ce iour,
Priué de mon espoir, & de mon cher amour:
Car son triste regard donnoit assez d'indice,
Que ce iour ie deuois perdre mon Euridice :
Las! Hymen qu'est-cecy? Dieu plein de cruauté,
Pourquoy m'as-tu rauy ceste chére beauté?
Pour quelle occasion rends tu ceste iournée
Par ce triste départ mon ame infortunée ?
Quelle offence ay-ie faict à ta Diuinité
Pour lancer ton courroux sur mon humanité?
Et me rendre à present par sa mort déplorable
De tous les malheureux l'homme plus miserable?
Quelle estrange pitié? las! qui peut raconter
Le subiect malheureux que i'ay de lamenter?
Plustost lon nombreroit le sable dessoubs l'onde,
Que de dire mon mal, & ma douleur profonde.
Quelles fatalitez, ò grand Dieux toutspuissants,

Qui n'estes point autheurs des douleurs que ie sens,
Prenez pitié de moy, faictes qu'en diligence
Du traistre suborneur ie puisse auoir vengeance,
Hercule demy-Dieu dessus tous courageux
De son dard mist à mort le Centaure outrageux,
Pour auoir indiscret osé trop entreprendre
De vouloir sans raison son espouse luy prendre,
De mesme qu'il ne soit à punir de ce tort
Ce traistre qui sur tous a merité la mort.
Puissant Pere Iupin, Dominateur du foudre,
Fais que presentement il soit reduict en poudre:
Qu'il te plaise grand Dieu de le vouloir punir,
Quelque part que ce soit où il puisse venir,
Et que dans peu de temps ce traistre abominable
Soit puny pour iamais de ce forfaict damnable:
Et toy Dieu de là bas, des eternelles nuicts,
Des tenebreux enfers pleins d'horreurs & d'ennuits
Estant venu chez toy dans tes cauernes sombres
Qu'il souffre les tourmēts des malheureuses ombres;
Lasche luy ton courroux, donne luy le tourment
Que merite celuy qui rend veuf vn Amant,
Et qui malgré les loix d'vne brutalle rage
Mon espouse forçant a causé cét outrage,
Prends ma cause Pluton, considere combien
Ie suis triste, perdant mon espoir, & mon bien.

B 3   CHAS.

CHASSEVR.

Vostre iuste douleur dessus tout lamentable,
Ne luy peut redonner la vie souhaittable,
Vos plainctes, vos souspirs, ne peuuent nullemem
Viue la r'amener du triste monument,
Courageux resistez à ce mal deplorable,
Et luy faictes dresser vne tombe honnorable,
Sans vous entretenir d'vn funebre discours.

ORPHEE.

I'arresterois plustost Phœbus faisant son cours,
Et plustost ie perdrois la lüeur de cet astre,
Que pouuoir oublier ce malheureux desastre,
La terre auparauant se reioindroit aux Cieux,
Que ie peusse arrester les larmes de mes yeux:
Et d'autant qu'en viuant elle m'estoit fidelle,
Tousiours apres sa mort i'auray memoire d'elle:
Pluton a son esprit, la terre aura son corps,
Et moy le desplaisir pire que mille morts:
Car ie n'auray iamais qu'vn regret dedans l'ame
D'auoir perdu si tost vne si chaste Dame.

CHASSEVR.

Aduisez ce pendant de la mettre au cercueil,
Et de ne consommer vos iours en si grand dueil,
Il la faut emporter de ce triste bocage,
Ne vous desesperez, allons prenons courage.

ORPHEE.

Ha! beau corps qui viuant honnoroit l'vniuers,
Faut il que maintenant tu nourrisses les vers,
Suis-ie si malheureux de t'auoir espousée
Pour deu'aller si tost dans la plaine Elisée:
O funebre destin, ô iour infortuné,
Que maudict soit cent fois le iour que ie fus né.

ACTE III.

Orphée, le Magicien, le Berger Amoureux.

ORPHEE.

Qve m'a seruy Phœbus ta diuine puissance
Sur le serpent Python occis par ta vaillance?
Cadme que m'a seruy ton genereux effort
Sur celuy qui tes gens auoit mis à la mort?
Persée, que me sert le genereux remede,
Par lequel vaillamment tu sauuas Andromede?
Et dequoy m'a seruy que le braue Iason
Aye occis le serpent de la riche toison?
Ny la mort de celuy qui les pommes dorées
Reseruoit à Venus luy estant consacrées.
Ce n'estoient pas ceux la qu'il falloit mettre à mort,
Mais c'estoit celuy seul qui m'a faict tant de tort,

 Ha!

Ha! Megere par toy m'est venu cét outrage,
Furie de l'enfer, pleine d'ire & de rage,
Vn de tes noits serpens que tu as sur le chef
Est venu me causer ce malheureux mechef:
Ha! serpent ennemy de la nature humaine,
Que tu me fais souffrir de douleur & de peine,
Las! combien ton venin me cause de tourment,
Voyant par toy ma belle au triste monument.
Iason sema les dents d'vn serpent sur la terre,
Desquelles il sortit vn escadron de guerre:
Et des tiennes maudict me naissent iours & nuict
Sans espoir de repos vn million d'ennuicts,
Lesquels ne prendrot fin, ainsy que ces gens d'arm
Qui s'occirent naissant par sanglantes alarmes,
Car le ressouuenir de mes tristes amours,
Ne peut auoir de fin qu'en finissant mes iours,
Las! si pour la reuoir il falloit entreprendre
De trauerser les flots, ainsy que fit Leandre,
Ie n'aurois point de peur que l'inconstante mer
Au profond de ses eaux me peut faire abismer;
Car la grande chaleur de mon ardente flamme
Qui sans aucun repos s'allume dans mon ame
Feroit tarir les eaux qui m'enuironneroient,
Et les grands flots esmeus en rien ne me nuiroient
Et quand mesme l'ardeur de ma flamme bruslante
Ne pourroit point seicher ceste mer inconstante,

Ce ne seroit assez pour me faire perir,
Puis qu'en l'eau de mes pleurs ie ne puis pas mourir,
Et viuant dans mes pleurs la mer n'auroit puissance
De me donner la mort, ny me faire nuisance:
D'autre part quand le vent esteindroit le flambeau
Sur la tour allumé pour me guider dans l'eau,
Comme Leandre estant dans ces flots sans lumiere,
Ayant du tout perdu ma clarté coustumiere,
Les rayons de ses yeux auroient assez pouuoir
De m'esclairer nageant, affin de la reuoir,
Quelque part qu'elle fust si elle estoit en vie,
De mon ame à l'instant elle seroit suiuie,
Rien ne m'empescheroit de la pouuoir trouuer,
Lon me verroit bien-tost deuers elle arriuer,
Fust elle estroictement dedans le Labirinthe
Que Dedale a basty, i'irois sans nulle crainte:
Mais ô Dieux s'en est faict, s'en est faict desormais,
Il n'y a plus d'espoir de la reuoir iamais:
Las! que feray-ie donc en ma peine ennuyeuse?
He! Dieux que deuiendra mon ame langoureuse?
Et quel antre obscurcy me pourra retenir
Tant que viuant i'auray ce triste souuenir?
Où pourray-ie trouuer vne cauerne ombreuse
Où lon ne puisse voir qu'vne nuict tenebreuse?
Car le iour me desplaist, la lumiere des cieux
Semble par dessus tout desplaisante à mes yeux.

Il faut doncques chercher quelque triste demeure,
Pour plaindre ma douleur iusqu'à tant que ie meure,
Aux lieux les plus deserts, où iamais le Soleil
Ne puisse faire voir son visage vermeil,
Et là i'accuseray les Enfers, & la terre,
Pour auoir coniuré de me faire la guerre,
Mais las! de quoy me sert ce funebre discours?
Il faut à mon malheur auoir autre recours,
Ie veux pour te reuoir ma fidelle compagne,
Fausser l'iniuste loy de l'ombreuse campaigne,
En despit du destin & de mes maux soufferts,
Ie veux pour te reuoir deualler aux enfers;
Sans redouter Pluton Cerbere, ny la Parque,
I'iray prier Charon qu'il me passe en sa barque:
Dans ce bois ie cognois vn vieillart ancien,
Astrologue sçauant, & grand Magicien,
Qui cognoist les secrets de nature admirable,
Ie le vay supplier de m'estre secourable,
Me monstrer le chemin que seul ie doibs tenir,
Affin que chez Pluton ie puisse paruenir:
Mais le voicy qui sort de son humide roche,
Il faut que deuers luy promptement ie m'approche.
Venerable vieillart par le monde cognu,
Au bruict de ton renom ie suis icy venu,
Ie viens remply d'amour, de douleurs, & de larmes,
A tes pieds implorer ton secours & tes charmes,

Tu me peux soulager en mes tristes ennuicts,
Me monstrant le chemin des infernalles nuicts.

LE MAGICIEN.

Quel subiect mon enfant auez vous à ceste heure
De vouloir deualler dans la pasle demeure,
D'où vous peut proceder cet estrange desir?
Esperez vous trouuer là bas quelque plaisir?

ORPHEE.

Ie ne puis plus rester sur la machine ronde,
Il me faut deualler au Plutonique monde:
En bref ie vous diray la iuste occasion
De ma triste douleur, & de ma passion.
Mon Pere sçachez donc que la mesme iournée
Que ie pensois iouïr de l'heureux Hymenée,
Euridice a perdu la lumiere du iour,
Euitant d'vn Berger l'iniurieux amour;
Car pensant se sauuer redoutant sa furie,
Vn horrible serpent estoit dans la prairie
Dessoubs l'herbe caché, qu'elle ne voyoit pas,
Qui soudain la picquant luy donna le trespas,
Et du depuis sa mort i'endure tant de gesnes,
Que lon ne peut penser la moindre de mes peines:
Mercure le courier dessur tous bien-disant,
Mesme ne pourroit pas dire mon mal cuisant:
Doncques pour soulager ma peine douloureuse,
Monstrez moy le chemin de l'onde Stygieuse,

Affin

Affin de la reuoir, & luy monstrer comment
Sur tous les amoureux ie suis fidelle amant.

LE MAGICIEN.

Comment pour la reuoir, c'est en vain entrepren
De descendre là bas pour penser la reprendre:
Nos iours estans finis par la fiere Cloton,
Lon ne retourne plus du regne de Pluton,
C'est erreur de penser en retirer vn ame,
Mais i'excuse l'amour, & l'ardeur de ta flamme,
Ie sçay bien le pouuoir qu'a l'enfant de Cipris,
Autresfois de ses feux ie me sentois espris,
Tout vieillart que ie suis, il faut que ie confesse
Que i'ay cogneu l'amour & sa mere Déesse;
Mais quelque beau subiect qui m'eust peu deceur
Si l'amour de son dard m'eust priué de la voir,
Sçachant bien qu'elle fust dans ce royaume sombr
Ie n'eusse pas tasché d'en retirer son ombre,
Ny mesmement songé de descendre là bas
Pour y penser trouuer des amoureux esbats,
D'autant que les mortels n'ont aucune puissance
De remettre vn esprit en sa premiere essence;
Dez lors qu'il a gousté du fleuue Stygieux,
Il ne peut plus reuoir la lumiere des Cieux,
Doncques déportez vous d'vne telle entreprise,
Et moderez l'ardeur dont vostre ame est esprise

ORPHE

ORPHEE.

Pluſtoſt que de quitter mon voyage entrepris,
Pluſtoſt que d'oublier les yeux qui m'ont eſpris,
Les rochers flotteront deſſur l'onde eſcumeuſe,
Phœbus perdra pluſtoſt ſa clarté lumineuſe.

MAGICIEN.

Quoy, pour finir vos iours y voulez vous aller?

ORPHEE.

Pour finir mes trauaux ie veux y deualler.

MAGICIEN.

Caron ne voudra pas viuant vous paſſer l'onde

ORPHEE.

Ie l'en vay ſupplier au partir de ce monde.

MAGICIEN.

De ce vieillart nocher n'eſperez du ſecours,

ORPHEE.

I'eſpere qu'il prendra pitié de mes amours.

MAGICIEN.

Son ame de pitié ne fut iamais atteinte,

ORPHEE.

Il pourra s'eſmouuoir par ma iuſte complaincte.

MAGICIEN.

Bien que Caron voulus ſon fleuue vous paſſer,
Vous ne pourriez pourtant plus outre trauerſer:
Car Cerbere portier de la demeure ſombre
Vous feroit auſſy toſt des morts croiſtre le nombre.

ORPHEE.

ORPHEE.

Quand le danger seroit plus grand cent mille fois
Ie ne veux differer d'y aller toutesfois,
Et si ie doibs mourir en ce triste voyage,
Heureux ie finiray le reste de mon aage:
Ie seray lors exempt de ce mal langoureux,
Et ne sentiray plus ce tourment amoureux:
I'adouciray l'ardeur du feu qui me deuore
Reuoyant la beauté que sur toutes i'honnore.

MAGICIEN.

Si mon sage conseil ne vous peut diuertir
Du dessein qu'à present vous auez de partir
Pour aller aux enfers y trouuer de la ioye,
Ie suis prest maintenant de vous monstrer la vie
Par mes enchantements: I'ay bien d'autre pouuoir
Ie fais quand il me plaist sur la terre pleuuoir,
I'arreste quand ie veux Phœbus faisant sa course,
Et le courant de l'eau retourner en sa source;
La mer pleine de flots se rend calme à ma voix,
Ie fais changer de lieu les rochers & les bois,
Et fais en vn moment entendre le tonnerre,
Ie cognois la vertu des herbes de la terre,
Ie sçay les appliquer à faire ce qu'il faut,
Quand ie m'en veux seruir, il n'y à nul defaut,
Lon ne sçauroit trouuer si petite racine,
Que ie ne sçache au vray qu'en vaut la medecine

Ie cognois l'aduenir, ainsy que le passé,
Et ce qui est caché dans ce rond compassé:
I'ay dessus les Demons vne telle puissance,
Que ie les force tous me rendre obeissance:
Venez auecques moy, mes charmes ie feray,
Et de vostre desir ie vous satisferay;
Bien tost vous descendrez dans l'obscure valée.

ORPHEE.

C'est tout ce que pretend mon ame desolée.

BERGER AMOVREVX.

Qu'ay-ie faict malheureux, las! helas! qu'ay-ie faict
Quel supplice assez grand peut punir mon forfaict;
D'auoir causé la mort d'vne Dame parfaicte
Pour rendre à ses despens mon ame satisfaicte.
Helas! sans y penser i'ay causé son trespas,
Et toutesfois chetif, ie ne m'excuse pas.
Coulpable ie me rends, i'ay commis ceste offence,
Ie ne sçaurois trouuer de raisons pour deffence,
C'est pourquoy desormais, ie n'auray plus de bien,
Tous les contentements ne me seront plus rien,
Le reste de mes ans mon ame desolée
Pour demeure n'aura qu'vne obscure valée,
Esloigné d'vn chascun, ou pour punition
Ie finiray mes iours en ceste affliction
Sans espoir de repos, n'aspirant à toute heure
Que de voir par ma mort ma fortune meilleure.

MAGICIEN.

Or à Dieu donc mon fils, allez asseurement,
Et ne manquez d'vn point à mon commandemen

ORPHEE.

Ainsy ie le feray n'en doubtez point mon Pere,

MAGICIEN.

Que toûte chose soit à vos desseins prospere,
Le bon-heur vous conduise, & vous face à propos
Chez Pluton deualler pour vous mettre en repos,

ORPHEE.

C'est à ce coup qu'il faut que ie te monstre belle
L'inuiolable foy de mon amour fidelle
Que ie ne puis iamais pour vne autre changer,
Que la longueur du temps ne peut endommager
Car ainsy que le feu sans air ne peut paroistre
Tout de mesme sans toy viuant ie ne puis estre,
Doncques pour te reuoir il me faut auancer,
Et le fleuue d'oubly promptement trauerser;
I'iray sans m'arrester tant qu'à la fin i'arriue
Sur l'effroyable bord de l'infernalle riue,
Sur l'acheron bourbeux, ou le vieil nautonnier
Pour passage reçoit d'vn chascun le denier.
Ie n'y veux deualler par sanglantes alarmes,
Ie ne te veux r'auoir par la force des armes,
Mes pleurs, mon amitié, ma constance, & ma f
Forceront les enfers d'auoir pitié de moy,

Proserpine & Pluton i'animeray de sorte
Qu'il fauдra qu'en t'ayant de leur regne ie sorte
Par ma plainctiue voix, & par mes doux accords
Ie te veux retirer du royaume des morts:
Mais c'est trop discourir, allons il faut Orphée
Par sur tous les Amants emporter ce trophée.
Mais auant que partir en toute humilité
Il me faut supplier la saincte Deité
Du puissant Dieu d'Amour, & de Venus sa mere,
Affin d'auoir pitié de ma douleur amere:
Dëesse des amours, Princesse de beauté
Qui me voyez souffrir si grande cruauté,
Royne de l'vniuers que tout le monde honnore
Dans ce temple diuin, humble ie vous adore;
Dëesse c'est à vous à qui i'ay mon recours,
Ne me refusez pas vostre diuin secours,
Assistez au besoing ma pauure ame embrasée,
Preste de s'en aller dans la plaine Elisée;
Et vous Dieu Ciprien qui tournez dans vos mains
Les cœurs des immortels comme ceux des humains,
Faictes voyant le dëuil dont vne ame est atteinte,
Que Pluton soit esmeu par ma triste complaincte:
Que Proserpine aussy prenne compassion,
De mon cruel tourment, & de ma passion,
Affin qu'en peu de temps i'emmeine ma maitresse
Du royaume des morts, pour finir ma detresse.

C   ACTE

ACTE IIII.

Orphée, Caron, Pluton, Proſer-
pine, Eſprit, Euridice.

ORPHEE.

Apres tant de trauaux, par la grace des Dieux
Me voicy paruenu ſur le bord ſtygieux,
Apres auoir paſſé tant d'eſtranges trauerſes,
Apres auoir ſouffert tant de peines diuerſes
Cheminé tant de iours, & tant de triſtes nuicts,
Il eſt temps de trouuer la fin de mes ennuits;
Ie voy le vieil nocher, qui paſſe dans ſa barque
Ceux qui ſõt deſpouillez de leurs corps par la parque
Le nombre des eſprits qui voguent ſur ceſte eau
Faict de chaſque coſté chanceller le bateau;
Si faut il l'appeller; Aborde icy de grace,
Caron nocher d'enfer vien me prendre & me paſſe
Ne me tiens plus long temps en la peine ou ie ſuis,
Paſſe moy pour reuoir la belle à qui ie ſuis.

CARON.

Qui es-tu ſi preſſé de trauerſer mon onde?

ORPHEE.

Ie ſuis vn pauure Amãt, qui viens dans ce bas mõ-
Pour eſperer ſecours en mon affliction,

Et monstrer ma constance & mon affection
A celle que la mort en sa ieunesse tendre
A faict iniustement dans ce regne descendre.

CARON.

N'espere point passer le fleuue stygieux,
Tant que la pasle mort aye sillé tes yeux;
Le destin ne permet qu'en ma barque ie passe
Aucun homme mortel, qui premier ne trespasse,
C'est vn arrest fatal, qu'on ne peut reuoquer;
Retourne d'où tu viens ie ne puis t'embarquer.

ORPHEE.

Helas! sans m'escouter il retourne en arriere
Ne pouuant rien gaigner par mon humble priere
Il faut par mes accords tascher de l'esmouuoir
De bien tost me passer, pour ma belle reuoir.

CHANSON.

Puisque l'amour dessur tout a puissance,
Puisque les Dieux ressentent ses attraicts,
Pourrois-ie bien luy faire resistance
Estant blessé de ses amoureux traicts,
  Ne le pouuant Caron
  Passe moy l'acheron.

CARON.

He! qu'entends-ie bõs Dieux? quelle voix nõpareille
Et quel doux instrument me charme ainsy l'oreille?
Sans doute c'est Phœbus ie ne suis abusé,

Il s'en vient chez Pluton en mortel desguisé:
Ie veux en abordant luy offrir le passage,
Grand Dieu, ie ne suis pas encores si peu sage
De mescognoistre ainsy vostre diuinité,
Bien que vous ayez pris forme d'humanité,
Vos rauissants accords me font assez cognoistre
Qu'autre qu'vn Apollon en ce lieu ne peut estre.

ORPHEE.

D'aise & d'estonnement ie sens mon cœur espris
D'estre pour ce grand Dieu sur ce noir fleuue pris,
O puissant Apollon assiste moy de grace.

CARON.

Retirez vous espritz, à ce Dieu faictes place,
Entrez dans mon bateau, que sans retardement
Ie vous puisse passer ce fleuue promptement.

ORPHEE. CHANSON.

Heureux celuy qui ne ressent la flamme
Du feu caché que lance Cupidon,
Qui comme moy ne consomme son ame
Par la chaleur de son ardent brandon,
Voyant mon mal Caron
Passe moy l'Acheron.

CARON.

Ie iure par le Styx, qu'vne telle harmonie
R'animeroit vn corps dont l'ame est des-vnie,
Et que les grãds tourments des esprits malheureux,

Se pourroient oublier par ce son doucereux;
Ie n'ay rien entendu de pareil de ma vie,
Ceste diuine voix a mon ame rauie,
Ie voudrois estre encor esloigné de ce port.

ORPHEE.

Grace te soit Caron de m'auoir mis à bord,
Puis que ie suis passé l'Acherontide riue,
Il faut que sans tarder dedans l'enfer i'arriue,
La crainte des tourments que lon y peut trouuer,
Ne m'empeschera pas d'y pouuoir arriuer;
Amour, puissant Amour, dont la force supréme
Peut captiuer les Dieux de ce riuage blesme,
Conduis moy plus auant, ayes de moy soucy,
Ne me delaisse pas dans ce regne obscurcy,
Ne me refuse amour ce que ie te propose:
Mais quel monstre est-cecy qui deuant moy s'oppose?
Ie suis perdu bons Dieux! Apollon derechef
Plaise toy m'exempter de ce triste mechef,
Anime moy Phœbus pour charmer ceste beste,
Que par mes doux accords i'aye ceste conqueste.

ESPRIT.

Ie t'aduertis Pluton qu'vn mortel incognu
Sans redouter la mort icy bas est venu,
Cerbere s'est rendu soubs son obeissance,
Prends garde s'il te plaist que plus outre il n'auance,
Et qu'il ne soit icy pour ton regne empietter

De bonne heure tu doibs ce malheur euiter.

PLVTON.

Qui peut estre celuy qui vient en asseurance
Dans le palais des morts plein de vaine esperance,
Quoy, n'est-ce pas encor vn Alcide vaillant,
Qui derechef s'en vient pour m'aller bataillant,
Mais le voicy venit, voyons ce qu'il demande.

ORPHEE.

Monarque qui regnez dans l'infernalle bande,
Grand Dieu l'effroy des morts, ne soyez irrité
De voir vn pauure amant plein de temerité;
La curiosité ne m'a point faict descendre
Dans vostre Empyre noir pour vos secrets apprẽdr̃,
Ny pour aucun desir de voir les malheureux
Souffrir pour leurs meffaicts des tourmẽts rigoureux
Voir Sisyphe porter son roc insupportable,
Et Tantale languir pres du fruict delectable,
Ny pour voir le tourment & la punition,
Que Promethée endure, & celuy d'Ixion,
Car les peines d'enfer ne sont point comparables
A celles des amants, dessur tous miserables;
Sçachez doncques grand Dieu qu'vn tourment a-
    moureux
Est cause qu'on me voit en ce lieu langoureux;
Ie suis icy venu non pas comme Thesée
Lequel iniustement auoit l'ame embrasée,

Mais

Mais seulement ie viens pour tascher d'esmouuoir
A pitié vostre cœur, & ma femme r'auoir;
Ayez doncques esgard au subiect qui m'attire,
Et bien que la pitié chez vous ne se retire,
Qu'il s'en trouue pour moy, Grand Dieu vous n'au-
    rez pas
De gloire en redoublant mon amoureux trespas,
Que vostre Deité soit à mes vœux propice,
Ne me refusez point ma fidelle Euridice;
Le destin malheureux m'a faict en mesme iour,
Et veuf, & marié sans iouir de l'amour,
Le serpent de nature ennemy de la femme
Mon espouse mordant luy a faict rendre l'ame;
Ie n'en puis reciter le deüil par mes discours,
Et n'ay pour la r'auoir qu'à vous seul mon recours,
Ne me refusez point ma compagne rauie,
Prenez pitié grand Dieu de ma dolente vie,
I'ay tant souffert de maux depuis qu'elle est icy,
Qu'on ne voit rien de tel dans ce regne noircy,
Helas! me la rendant vostre royaume sombre
En rien n'amoindrira pour relascher vn ombre;
Vostre Empire est si grand, & si remply d'esprits,
Que quãd vous me rẽdrez les yeux qui m'ont espris,
Il n'y paroistra point, non plus qu'en vne prée
Si quelqu'vn en cueilloit vne fleur diaprée,
Ou si comme Iupin qui regne entre les Dieux

Ostoit pour quelque temps vne estoile des cieux,
Considerez grand Dieu que c'est dans ce bas monde
Comme si lon tiroit vne goutte de l'onde.

PLVTON.

Qui es-tu malheureux qui dans les tristes nuicts
Descends si hardiment sans craindre les ennuits,
Les souspirs & les pleurs, les peines eternelles,
Que ie fais endurer aux ames criminelles,
Comment? ne sçais tu pas qu'en mon regne noircy
Ie ne prends des mortels ne pitié ne mercy?
Et que celuy qui vient dans la pasle demeure,
Qu'il faut qu'auparauant dessus la terre il meure;
Et toy fier ennemy tu viens dedans l'enfer
Temeraire pensant y pouuoir triompher,
Tu viens dedans l'enfer sans redouter la flamme,
Et sans auoir le corps separé de ton ame,
Tu en seras puny, sus accourez esprits,
Et que presentement ce malheureux soit pris,
Qu'il ne retourne plus desormais sur la terre,
Sus, que dans mes prisons promptemët on l'enserre.

ORPHEE.

CHANSON.

Ne soyez point si rigoureux
Esprits qui voyez ma detresse,
N'attentez sur vn amoureux
Qui vient demander sa maitresse,

Ca

Car l'amour s'en offenceroit,
Et sur vous s'en ressentiroit.
Ce Dieu commande dans les Cieux,
Et soubs les abysmes de l'onde
Dessus ce grand rond spatieux,
Et dans cét effroyable monde,
Ce tout-puissant Dieu Cupidon
Embrase tout de son brandon.
Tous les plus cruels animaux,
Tygres, Lions sur tous sauuages
Sentent les amoureux trauaux,
Et les oyseaux dans les bocages
Commencent déz le poinct du iour
A rendre l'hommage à l'amour.
Ne vous offencez donc grand Dieu
Si i'ay l'asseurance dans l'ame
De venir dans ce triste lieu
Vous raconter ma viue flamme,
Prenez pitié d'vn pauure amant
Tout remply d'amoureux tourment.

PLVTON.

Ta constance en amour, & tes diuins accords
M'esmeuuent à pitié dans mon regne des morts,
Certes ie plains ton mal, & ta douleur extréme,
Mais de rompre les loix de mon riuage bléme,
Qu'vn esprit que ie tiens te puisse estre rendu,

Lors qu'il est vne fois icy bas descendu,
Non, cela ne se peut, retournes donc Orphée,
Ie pardonne à l'erreur de ton ame eschauffée.

ORPHEE.

Helas! considerez qu'en l'amoureux poison
Lon ne sçauroit iamais trouuer de guerison;
Les Dieux n'en sont exёpts, Cupidon de ses flesches
Aux cœurs des immortels à faict cent mille bresches,
Iupiter en taureau s'est voulu transformer
Pour Europe rauir sur le bord de la mer,
Et le Dieu Mars espris des yeux de sa Dёesse,
Fut contrainct d'oublier sa force vainqueresse,
L'amour qui dans ses lacs les tenoit arrestez
De Psyche fut espris par ces rares beautez;
Et vous mesme grand Dieu dans la nuict tenebreuse
Vous auez ressenty sa force genereuse,
Et moy qui suis mortel, pourrois-ie resister
A ses traicts accerez qu'on ne peut éuiter?
Pourrois-ie resister à ceste ardente flamme,
Si tous les immortels en sont espris en l'ame,
Pourrois-ie resister à ses cuisans efforts,
S'il se monstre vainqueur dans le regne des morts?
Helas! ne le pouuant, que mon humble priere
Vers vostre Deité, ne soit mise en arriere,
Ou bien si vous n'auez pitié de ma douleur,
Si vous n'auez pitié de mon cruel malheur,

Si ie ne puis r'auoir mon espouse fidelle,
Au moins permettez moy que ie reste aupres d'elle,
Helas! ie suis content reuoyant ses beaux yeux
De ne reuoir iamais la lumiere des cieux;
Retenez nous tous deux dans vostre noir Empire,
Autre felicité desormais ie n'aspire
Que de la ramener, ou bien de receuoir
Icy bas le bon-heur que i'auray de la voir,
La furie d'enfer de mon ayse ialouse
En rien ne me nuira reuoyant mon espouse;
Ce que lon peut trouuer aux enfers de tourments
Ne sera rien au prix de mes contentements,
Mais il seront plus grands si ie reçois la grace
Que le fleuue d'oubly derechef elle passe,
Pour luy faire reuoir la lumiere du iour,
Et cueillir les doux fruicts de nostre sainct amour:
Permettez donc grand Dieu qu'elle me soit renduë,
Prenez quelque pitié de mon ame esperduë.
Ie ne demande pas la r'auoir pour tousiours,
Car ie sçay qu'il nous faut à la fin de nos iours
Pour venir icy bas passer quoy qu'il arriue
Dans la barque à Caron la stygieuse riue,
Lon ne peut autrement, car les destins sont tels
Que vous deuez auoir les ames des mortels:
Doncques pour peu de temps que nous aurōs à viure,
Permettez qu'en sortant elle me puisse suiure.

Apres

Apres auoir iouy des doux contentements,
Que peuuent receuoir les fidelles amants,
Apres auoir esteinct nos flammes amoureuses,
Tous deux nous reutendrōs dās vos terres ombreuses,
Tous deux nous y viendrons vous rendre le deuoir
Que vostre Deité merite receuoir;
N'ayez doncques esgard aux loix de vostre Empire,
Rēdez moy les beaux yeux, pour lesquels ie souspire,
Et vous Royne d'enfer qui voyez ma douleur,
Ayez compaßion de mon triste malheur;
Suppliez vostre espoux de me rendre ma belle,
Pardonnant à l'ardeur de mon amour fidelle.

PROSERPINE.

Cher espoux, ie me sens atteinte de pitié
De voir à ce mortel vne telle amitié,
Si i'ay pouuoir sur vous par ma douce priere,
Deliurez s'il vous plaist sa femme prisonniere;
Ne le faictes mourir d'vn amoureux trespas,
Que vostre Deité ne me refuse pas.

PLVTON.

Ie ne vous desdiray ma fidelle compagne,
Qu'elle sorte à present de l'ombreuse campagne,
Sus promptement esprits, qu'on la rameine icy,
Orphée maintenant ie te prends à mercy,
Tu reuerras bien tost celle que tu demande
Pour la faire sortir de ceste noire bande:

Ie te

Ie te veux soulager en ton affliction,
Tu l'auras, mais comment ? à la condition
De ne point retourner le visage en arriere
Tant que tu sois passé l'infernalle riuiere,
Tant que tu sois sorty de ce qui m'appartient,
Considere combien mon royaume contient,
Et de ne point aller contre ceste deffence.

ORPHEE.

Ie n'ay garde grand Dieu de faire ceste offence.

PLVTON.

Autrement tu perdras pour la derniere fois
Sans espoir de reuoir celle que tu reçois,

ORPHEE.

Te reuois-ie mon cœur, chere ame que i'adore,
Puis-ie auoir ce bon-heur de te reuoir encore,
Puis-ie estre tant heureux que mes aduersitez
Finissent, me voyant en ces felicitez,
Las! ô Dieux, le moyen de raconter mon aise,
Qu'en signe de cet' heur derechef ie te baise,
Qu'en signe de me voir parfaictement heureux,
Ie rebaise cent fois ton bel œil amoureux.

EVRIDICE.

Fidelle sans pareil, estant de toy rauie,
Mets-tu pour me reuoir en tel danger ta vie,
Pour si peu de subiect oses-tu bien venir
Supplier ce grand Dieu nous vouloir reünir,

Pour

Pour rendre me rendant ton ame satisfaicte,
Qui croiroit en amour vne ame si parfaicte?
Ha! mon loyal espoux, que ie te doibs aymer,
Que ie doibs maintenant ta constance estimer:
Tu ne ressembles pas aux infidelles hommes
Qui n'ont aucun Amour en ce siecle ou nous som
   mes,
Qui soubs vn masque feinct cachent l'inimitié,
N'ayant autre desir qu'à changer de moitié:
Le Phœnix pour finir sa fascheuse vieillesse
Se consomme, & reuient en sa tendre ieunesse,
Tout de mesme mon cœur, ma lumiere, mon iour
Ie renais par l'ardeur de ton fidelle amour.

ORPHEE.

Ce n'est icy qu'il faut raconter nostre ioye,
Allons, il faut sortir de l'infernalle voye
Euridice, l'obiect de mes contentements
Au monde retournons pour finir nos tourments,
Grand Dieu, puis qu'icy bas la grace i'ay receuë
D'auoir en mes malheurs vne si bonne issuë,
Si tost que nous verrons le Soleil radieux,
Nous vous sacrifierons sur tous les autres Dieux,
Et ne serons iamais ingrats de recognoistre
Le bien qu'en ces bas-lieux vous nous faictes pa
   roistre;
Euridice mon cœur, mon espoir, mon amour,

Il ne faut icy bas faire plus long seiour,
Viens t'en voir derechef la celeste lumiere,
Pour cueillir les doux fruicts de nostre amour pre-
    miere;
Mais si mes yeux vers toy ie ne retourne pas,
Ie te prie mon cœur ne t'en offence pas,
Pluton m'a deffendu qu'en repassant son onde,
Ie ne face autrement tant que ie sois au monde,
Tant que ie sois sorty de son royaume ombreux,
Ne t'ennuye donc pas au chemin tenebreux;
Sage est celuy qui peut endurer vn peu d'heure
Pour auoir à la fin sa fortune meilleure.

EVRIDICE.

Si sa diuinité vous deffend de me voir,
Mon espoux, ne manquez luy rendre ce deuoir,
Et ie m'estimeray vous suiuant bienheureuse.

ORPHEE.

Ie vous esclaireray de ma flamme amoureuse.

PLVTON.

Esprit, suis-le de prez, & s'il faict autrement,
Sois soigneux d'obeir à mon commandement.

ACTE

ACTE V.

Orphée, Bacchantes, Bergers, Apollon, Chasseur.

ORPHEE.

O Cieux! & qu'ay-ie faict, helas! ie ne suis
Que pour estre viuant au malheur destiné,
Que sera-ce de moy? puissants Dieux où iray-ie?
Quel chemin m'est meilleur? las! helas! que feray
L'effort de mon amour m'a faict tourner les yeux
Auant que de reuoir la lumiere des Cieux;
Et ie n'ay pas si tost ceste faute commise
Qu'vn esprit sans pitié mon espouse a reprise,
Ie retourne à l'instant pour penser la r'auoir,
Mais helas! ie n'ay sçeu le nocher esmouuoir,
Ie me forçois en vain de trauerser son onde
Pour aller derechef au Plutonique monde,
N'ayant pas obserué ce que Pluton m'a dict,
Le passage fatal m'est du tout interdict,
Pour la derniere fois i'ay ma belle perduë,
Il n'y a plus d'espoir qu'elle me soit renduë,
Las! qui peut raconter tant de trauaux diuers
Que ie souffre viuant dans ce bas vniuers
Le moyen de conter mes amoureuses peines

Qui peut s'imaginer la moindre de mes gesnes,
Aucun soulagement ie ne puis esperer,
Lon me voit maintenant plus d'ennuits endurer
Que Tantale ne faict prez du fruict qu'il desire,
Car s'il n'en peut auoir, il voit où il aspire,
Et moy, ie ne la puis posseder ny la voir,
Pluton ne me veut plus en grace receuoir:
Ha! mes yeux, c'est par vous qu'ainsy ie me tourmēte,
Par vous ie suis priué de ma fidelle amante,
Par vous ie l'auois prise à mon contentement,
Et par vous ie la perds si miserablement,
Vous ne la verrez plus, il vous en faut distraire,
Chose estrange de voir vn effect si contraire:
Icare se perdit par son ambition,
Et ie me suis perdu par trop d'affection;
Ie semble Phaëton qui ne sçeut pas conduire
Le grand char de Phœbus, ny ses cheuaux reduire,
Il mourut n'allant pas le droict chemin des Cieux,
Et ie meurs n'ayant sçeu commander à mes yeux,
Mais il se perdit seul, & ie ne suis de mesme,
Me perdant ie te perds dans le royaume blesme:
O Ciel! si par sa mort tu m'as voulu punir,
Au moins tu m'en deuois oster le souuenir;
Ie croy que tout expres tu reserues mon estre
Pour de tous les mortels le plus malheureux estre,
Car ie cherche la mort, & ne la puis trouuer,

D

Quel

Quelque part que ce soit que ie puisse arriuer,
Or doncques ie viuray, puis que les destinées
Me forcent d'acheuer en ce deüil mes années:
Au lieux les plus deserts ie finiray mes iours
En maudissant le sort & mes tristes amours.

BACCHANTE I.

Orphée ton renom de l'vn à l'autre pole,
Tout ainsy que le vent par tout le monde vole,
De mesme que l'aymant peut attirer le fer,
Tu attires nos cœurs & les peux eschauffer,
Nous auons entendu que ta chere partie
D'vne seconde mort est de toy despartie,
Que l'espoir est perdu de iamais la r'auoir,
Doncques ne pouuant plus en ce monde la voir,
Voyant que le destin t'en a voulu distraire,
Puis que la Deité de Pluton t'est contraire,
Choisis d'autre party, qu'vn amoureux trespas
En la fleur de tes ans ne te consomme pas.

ORPHEE.

Allez, retirez vous, ou changez de langage,
A d'autre desormais mon amour ne s'engage;
Par semblables propos mes peines n'accroissez;
Que sert de m'affliger; las! ie le suis assez.

BACCHANTE II.

Est-ce vous affliger, de donner le remede
A l'extreme douleur qui vostre ame possede?

Est-ce vous affliger de trouuer guerison,
Aux tourments qui sans fin vous tiennent en prison?

ORPHEE.

Iamais d'vn autre amour ie n'auray l'ame esprise,
Les plus grandes beautez à present ie mesprise;
Si l'amour autrefois a captiué mon cœur,
Desormais il ne peut plus estre mon vainqueur.

BACCHANTE III.

Delaissez ceste humeur, vne ame genereuse
Ne se peut exempter de la flamme amoureuse;
De nuict, quand les flambeaux sont du tout consom-
    mez
Sur la table à l'instant d'autres sont allumez,
Il faudroit autrement demeurer sans lumiere.

ORPHEE.

Ie veux iusqu'à la fin de mon heure derniere
Les femmes abhorrer tout ainsy que demons,
En finissant mes iours dessur ces tristes monts:
Ne m'importunez plus, car iamais dans mon ame
Ie ne ressentiray l'ardeur d'vne autre flamme,
Dessur tous les amans me voyant malheureux,
Le moyen qu'à present ie puisse estre amoureux.

BACCHANTE I.

Souuent nous receuons la fortune mauuaise,
Puis à la fin du temps nous sommes à nostre aise.
Aux amants quelquefois ce Dieu donne du fiel,

Et puis les faict gouster les douceurs de son miel,
Le pilote sçauant ne perd pas le courage
Se voyant sur la mer agité de l'orage ;
Toute chose prend fin, nous voyons arriuer
Le printemps gracieux apres le triste hyuer,
De mesme vous pouuez finir vostre detresse,
Faisant election de quelque autre maitresse.

ORPHEE.

C'est en vain me parler cét archer inhumain
Ne me tiendra iamais esclaue soubs sa main:
Cét aueugle Tyran maintenant ie deteste,
Ie l'ay plus en horreur mille fois que la peste,
Ses rigueurs & ses feux me sont par trop cog...
Si toutes vous estiez belles comme Venus,
Si lon trouuoit en vous ses attraicts aggreabl...
Vous ne seriez iamais à mes yeux desirables,
Ie despite ce Dieu, son arc, & son flambeau,
Ie n'aspire plus rien qu'à me voir au tombeau.

BACCHANTE II.

Changez de volonté, delaissez ceste enuie,
De quelque autre beauté r'animez vostre vie,
Surmontez le malheur, contentez vos espris...
Ioüissez desormais des douceurs de Cipris,

ORPHEE.

Vous perdez vostre temps, retirez vous inf...
Ie vous dis derechef que i'abhorre les femmes...

BACCHANTE III.

Nous mespriser ainsy, tu t'en repentiras,
Sçaches qu'en peu de temps de nos mains tu mou-
  ras,
Marsias fut puny de son outrecuidance,
Et toy tu sentiras que vaut ton impudence;
Mes compagnes allons les autres aduertir,
Affin de luy causer vn triste repentir;
Lon s'assemble auiourd'huy pour faire sacrifice
A nostre Dieu Bacchus, rendant ce sainct office,
Que par mesme moyen son sang soit espandu,
De sa temerité vray salaire rendu.

ORPHEE.

Ayant perdu l'espoir que mes maux diminüent,]
Puisque sans nul repos mes peines continüent,
Sur ce mont escarté par mes tristes accens
Ie plaindray la douleur qu'en mon cœur ie ressens,
Ie veux par mes accords plaindre mon mal insigne,
Et chanter en mourant tout ainsy que le cigne,
Et qu'apres mon trespas aux siecles aduenir
Lon aye de ma mort vn triste souuenir.

CHANSON.

Perfide amour que lon adore
Lon offre en vain sur tes autels,
Ingrat tant plus que lon t'honore
Plus tu tourmentes les mortels;

 Mal-

Malheureuses les ames
Qui bruslent de tes flammes.
Par tes appas tu nous attires
Pour aisément nous deceuoir,
Puis à l'instant tu te retires
Nous ayant mis soubs ton pouuoir.
Malheureuses les ames
Qui bruslent de tes flammes.
Iamais les ames ne reposent
Reduictes dessoubs tes tourments,
Tes rigueurs sans cesse s'opposent
A nos libres contentements,
Malheureuses les ames
Qui bruslent de tes flammes.

CHASSEVR.

Quel son harmonieux me charme ainsy les sens
Et d'où peut proceder l'aise que ie ressens?
D'où vient qu'en ce desert tout sauuage & rustiq
L'on entend resonner vne telle Musicque?
Quel miracle est-cecy! pres de ce grand rocher
Ie voy les animaux & les bois approcher.

Les ondes souuent courroucées
Appaisent leurs grandes fureurs,
Mais sans fin nos tristes pensées
Tu tourmentes de mille erreurs.

Malheureuses les ames
Qui bruslent de tes flammes.
BACCHANTE I.
Courage nous voicy pres de nostre ennemy,
Il ne faut de nos dards l'offencer à demy,
Ce traistre malheureux c'est dommage qu'il viue,
Maintenant vengeons nous tant que la mort s'en-
suiue.

BACCHANTE II.
Voila pour commencer il ne peut eschapper.
BACCHANTE III.
Vous secondant ie veux droict au cœur le frapper.

ORPHEE.
Au fort de ma douleur amere
Mes larmes n'ont peu t'esmouuoir,
Tu as mesme offencé ta mere,
En t'oubliant de ton deuoir,
Malheureuses les ames
Qui bruslent de tes flammes.
BACCHANTE III.
Nous perdons nostre temps, c'est en vain s'efforcer,
Sans vn autre moyen l'on ne peut l'offencer,
Nos coups sont retenus, ses accords ont puissance
D'empescher que nos dards ne luy facent nuisance;
Il nous faut d'vn grand bruict faire que ce doux son
Ne soit plus entendu ni sa triste chanson;

D 4   Crions

Crions à haute voix, sus empeschons ses charmes
De ne plus retenir nos pierres ny nos armes.

CHASSEVR.

O sexe malheureux! ô femmes sans raison,
Helas! quelle pitié, las! quelle trahison.

BACCHANTE I.

Il est mort, autant vault, redoublons sans nous
　　faindre,
Approchôs de plus pres, nous ne deuôs rien craindre

BACCHANTE II.

O traistre desloyal. ORPHEE. he! de grace pardô
Ie mets entre vos mains ma vie à l'abandon.

BACCHANTE III.

Tien voila le pardon que merite l'offence,

ORPHEE.

Cieux, terre, mer, enfers, ie vous prêds à vengeance

BACCHANTE I.

Courage, s'en est faict, de cét acier tranchant
Par pieces decoupons le corps de ce meschant,
Que ses membres espars seruent de nourriture
Aux affamez corbeaux qui cherchent leur pasture

BACCHANTE II.

Il est assez puny de sa temerité,
Pour auoir indiscret nostre sexe irrité;
Allons, retirons nous, de peur que l'assemblée
Par ce retardement se peut rendre troublée;
　　　　　　　　　　　　　　　　　L'heur

L'heurè approche, il est temps de partir de ce lieu
Pour rendre le deuoir à Bacchus nostre Dieu.

CHASSEVR.

Venez voir mes amis la piteuse aduenture
D'vn corps ensanglanté priué de sepulture.

BERGER I.

O spectacle cruel ! ô Dieux ! & qu'est-cecy,
D'vn triste estonnement i'ay le cœur tout transy,
Comment est arriué ce meurtre abominable,
Raconte nous vn peu ceste fin miserable;
Dy nous au nom de Pan qui ce meurtre a commis,
Que nous puissions sçauoir qui sont ses ennemis.

CHASSEVR.

Ainsy que ie dormois ma chasse estant finie,
Ie me sens esueillé d'vne douce harmonie,
Ie regarde attentif, & tout remply d'esmoy,
Ie vis mille animaux s'assembler deuant moy;
Ce mortel dessus eux auoit telle puissance
Qu'ils venoient à l'enuy luy rendre obeissance,
Ses accords rauissants & ses douces chansons
Attiroient les rochers, les bois, & les buissons;
Les farouches oiseaux de different plumage
A la foule venoient, & luy rendoient hommage;
Comme ie regardois rauy d'estonnement
De voir tant d'animaux venir en vn moment,
Des femmes aussy tost en trouppe s'assemblerent,

D 5　　Qui

Qui sans aucun esgard dessur luy se ruërent
Sans pitié, sans mercy, n'ayant autre desir
Que pour le mettre à mort à l'instant le saisir,
De mesme que les loups qui viennent de furie
Pour rauir les agneaux dedans leur bergerie;
Ces meschantes estoient si plaines de fureur
Qu'a mes yeux les voyant elles faisoient horreur.
Chascune à son abord se saisit d'vne pierre
Pour tascher à l'instant de le mettre par terre;
Mille flesches & dards elles lançoient aussy
Dont le pauure mortel ne prenoit nul soucy;
Le son melodieux de sa lyre diuine,
Empeschoit pour vn temps sa mortelle ruïne,
Leurs pierres & leurs dards ne pouuoïet l'approcher,
Tout tomboit à ses pieds sans le pouuoir toucher,
Tout estoit retenu par ceste melodie
Capable de charmer l'ame plus refroidie;
Mais enfin cognoissant que ses rares accords
Luy seruoient de bouclier pour deffendre son corps,
Chascune s'escria comme folle esperduë,
Alors sa douce voix n'estant plus entenduë,
De pierres & de dards à l'instant fut atteinct,
Et de son sang vermeil ce bocage en est teinct.

BERGER II.

C'est Orphée bons Dieux! ô meurtre abominable!
Estrange cruauté qui n'a point de semblable.

BER.

BERGER III.

Il n'en faut plus douter, à ce doux instrament
Ie recognois le corps de ce parfaict Amant,
Las! ne nous celez point qui sont ces meurtrieres,
Ces ames sans pitié, ces maudictes sorcieres.

CHASSEVR.

Ce que i'en puis iuger aux pots qu'elles tenoient
Pour adorer Bacchus dans son temple venoient,
Enyurées de vin brutallement hardies,
Ce meurtre commettant paroissoient estourdies.

BERGER II.

O deplorable mort! quel dommage grands Dieux!
Qu'il soit ainsy meurtry par ce sexe odieux.

BERGER I.

Que maudict soit Bacchus l'heure de ta naissance,
Et ceux qui sans raison redoutent ta puissance,
Qui tes brutalles loix reçoiuent dans leurs cœurs
Que tu vas deceuant par tes douces liqueurs,
Malheureux fut le iour que tu pris nourriture,
Pour le mal que tu fais à l'humaine nature;
Panthée preuoyant le mal de ton poison
Ne voulant t'adorer auoit bonne raison,
Souuent les trahisons, les meurtres, les tuëries,
Les grandes cruautez, les sanglantes furies
Ne viennent que par toy, car de ton vin fumeux
Tu nous rends tous ainsy que sangliers escumeux.

BER.

BERGER III.

Phœbus cache du tout ta lumiere dorée,
Que la terre à present n'en soit plus decorée,
Qu'en signe de regrets, de plainctes, & d'ennuicts,
Desormais lon ne soit qu'en tenebreuses nuicts;
Toy gracieux Printemps qui decores les prées
D'vn million de fleurs de couleurs diaprées,
Delaisse ta saison, & qu'vn fascheux hyuer
Lon voye pour iamais sur la terre arriuer;
Et vous petits oiseaux qui dedans les bocages
D'arbre en arbre chantez vos differents ramages,
Taisez vous maintenant, & vous tristes corbeaux,
Chouettes, & hyboux, augures des tombeaux,
Volez par l'vniuers, tesmoignez ceste perte,
Perte qui ne sçauroit plus estre recouuerte,
Lauriers que les saisons n'empeschent d'estre verds,
Desormais ne soyez de feuillage couuerts;
Et vous fleuues espars, riuieres cristallines,
Ne faictes plus couler vos ondes argentines;
Echo qui residez dans les antres des bois,
Le disant eslancez vostre piteuse voix;
O rigoureux destin! que sur tous ie remarque
De voir que le malheur à la vertu s'attaque,
Tousiours les vertueux sont pleins d'aduersitez,
Les vaisseaux dans la mer ne sont tant agitez:
Mais quel son rauissant resonne dans la nuë,

Les

Les Dieux sont ils ioyeux de la perte aduenuë.
APOLLON.

Bergers ne faictes plus ces lamentations,
Finissez vostre deuil, & vos afflictions,
Mon fils est bienheureux, son angoisse est finie,
L'ame de son espouse à la sienne est vnie,
Pluton à ma faueur luy donne tel pouuoir,
Qu'il peut comme il luy plaist à son aise la voir,
Aux champs Elisiens tous deux ils se promeinent,
Où leurs libres desirs ensemblement les meinent:
Annoncez aux Bergers qu'apres tant de tourments
Orphée peut roüir de ses contentements,
Et que dans peu de temps sa mort sera vangée,
Bacchus m'en a donné sa promesse engagée,
Lon a veu le serpent en roc se conuertir
Affamé s'auançant pour son chef engloutir,
De mesme lon verra ce sexe miserable,
Estroictement puny de ce meurtre execrable,
Les Dieux, qui iugent tout par le droict d'equité
Les puniront ainsy qu'elles ont merité,
Allez, & maintenant finissez les complainctes,
Dont vos ames estoient parcy deuant atteintes.

BERGER I.

Rendons graces Bergers à l'Oracle diuin,
Allons, & desormais ne lamentons en vain,
Puis qu'il est bienheureux dans l'ombreuse campaigne

Renuoyant

Renoyant à son gré sa fidelle compagne.
BERGER II.
L'aise que ie ressens de cét euenement
Resioüist mon esprit d'vn doux contentement,
O couple bien-heureux! Amants inseparables,
Qu'aux champs Elisiens vos ioyes soient durables.

Fin de la Tragedie
d'Orphée.

CONCEPTIONS

DIVERSES

ENSVITTE

PAR

CHARLES DE

L'ESPINE

Parisien.

CONCEPTIONS DIVERSE

DV MESME AVTHEVR.

STANCES.

A TRES-HAVTE ET TRES-EXCELLENTE.
MADAME LA PRINCESSE D'ORAN

Qvi voudra comtempler la grãdeur, la sag
Les vertus, & l'honneur, & la discretio
Il vous faut venir voir vertueuse Princesse
Qui tenez vn chascun en admiration.

Si les feuilles des bois estoiẽt toutes semblab
A la langue du Dieu qui charma les cent y
Elles ne diroient pas vos graces admirables,
Car vous estes sans pair soubs la voute des cie

Il n'ya qu'un phoenix, & dans la voute ron
L'on ne voit qu'un soleil qui va nous esclaira
De mesme l'on ne voit que vous seule en ce m
Princesse qu'un chascun doibt aller admirant

Momus qui dessus tout peut trouuer à repre
Ne sçauroit rien trouuer à redire sur vous,
Si ce n'est maintenant qu'il vous a pleu d'ẽ
Ces vers qui ne sont rien pour vn subiect si d

CONSOLATION

à feu Madame de MAYENNE,
sur la mort de Monseigneur
le Comte de SOMMERIVE
son Fils.

Cessez, cessez ce deüil dōt vostre ame est atteinte,
Et ne vous perdez point dans ce torrent de pleurs,
Contre vn tel accident de rien ne sert la plaincte,
Vos larmes ne sçauroient alleger vos douleurs:

Vostre fils a suiuy la belle & saincte voye,
Il est bien plus heureux qu'il n'estoit icy bas,
Pleurer de son bon-heur c'est offencer sa ioye;
Il faut pour viure au Ciel endurer le trespas.

Son ame qui d'enhaut icy bas vint descendre
Pour habiter son corps sur ce terrestre lieu
N'estoit que pour vn temps, il falloit bien la rendre
Puis qu'il ne la tenoit que par emprunt de Dieu.

Doncques consolez vous vertueuse Princesse,
Vous reuerrez au Ciel ce Prince genereux,
Ne regrettez en vain la fin de sa ieunesse,
Lō ne meurt point trop tost pour viure bienheureux.

E 3   CAR.

CARTEL

du Hardy Cheualier

aux Dames.

G Vidé de vos beaux yeux dans le camp des
        guerriers,
Ie ne veux que moy seul pour dompter l'arrogance
De tous ces Cheualiers, dont la foible puissance
Ne leur pourra seruir qu'a croistre mes lauriers,
        Si vos beautez mes Dames
        Ne conseruent leurs ames.

Ie ne redoute rien aux perilleux hazards,
La victoire me suit au milieu des alarmes,
I'ay tant acquis d'honneur par la pointe des armes
Que ie suis recognu pour estre fils de Mars,
        Qui n'a d'autre exercice
        Qu'à combattre en la lice.

Fauorisez moy donc d'vn present amoureux,
Admirables beautez qui decorez la France,
Aussy tost vous verrez l'adresse & l'asseurance
Que i'auray combattant ces guerriers valeureux,
        Qui me rendront hommage
        Esprouuant mon courage.

L'In-

L'Inquietude d'Amour.

IE semble au Rossignol qui dedans les buissons
Sur l'espine se met pour chanter ses chansons,
Où estant endormy se va picquant soy mesme,
Ainsy dedans les bois que ie treuue à propos
Souuent ie me retire, où prenant mon repos
Ie m'esueille picqué de ma douleur extréme.

Mais c'est pour endurer vn million d'ennuicts,
Et passer en pleurant tout le reste des nuicts,
Des rigueurs que me faict la beauté que i'adore:
Où luy du tout contraire à mon mal ennuyeux,
S'endormant de son chant sur tout melodieux,
S'il s'esueille picqué c'est pour chanter encore.

L'Amour vainqueur.

A Dieu mon beau Soleil, adieu chere Syluie,
Il me faut desormais absenter de vos yeux,
Absence qui me faict naistre cent fois l'enuie
De perdre en vous perdant la lumiere des Cieux.

Ie serois bien-heureux ayant perdu la vie,
I'irois boire auſſy toſt du fleuue Stygieux;
Car en ayant gousté, la memoire eſt rauie
De ce qui s'eſt paſſé dans ce rond ſpatieux.

Ne m'abuſay ie point? Rodomont plein de gloire
En gouſtant de ce fleuue oublia ſa victoire,
Mais non pas les amours d'Iſabelle ſon cœur.

Car le fleuue d'oubly contre amour n'a puiſſance,
Il me faut donc ſouffrir, & prendre patience,
Puis que dans les enfers l'amour ſe rend vainqueur.

L'amour vaincu à Madame la Ducheſſe de NEVERS.

Aussi toſt que l'amour apperçeut que mon ame
Reſiſtoit aux ardeurs de l'amoureuſe flamme,
En décochant ſes traicts il me viſoit au cœur,
Mais ſans en eſtre cas tout d'vn coup ie m'auance,
Tout beau luy diſ ie amour, tu n'as pas la puiſſance
De captiuer mes ſens ny d'eſtre mon vainqueur.

Ie meſpriſe l'ardeur de l'amoureuſe rage,
Puis redoublant l'effort de mon chaſte courage,
Ie luy tire à l'inſtant des mains ce dard pointu,
Dont ie vous fais preſent Princéſſe genereuſe,

Digne

Digne de conseruer ma prise glorieuse,
Ayant dessoubs mes pieds Cupidon abbatu.

L'Amour enflammé.

Amant puis qu'ainsy est que vous sentez en l'ame
La cuisante chaleur d'vne eternelle flamme,
Et que vous n'estes plus qu'vne ardeur & qu'vn feu
Ie m'esloigne de vous, car n'estant que de glace,
Et puis que la froideur dans mon cœur a pris place,
Si ie m'en approchois ie fondrois peu à peu.

L'Amour refroidy.

Vous semblez au caillou plein de froideur extréme,
Duquel en le frappant on tire quelque ardeur
Qui n'en peut toutesfois eschauffer sa froideur,
Mais bien eschauffe autruy sans s'eschauffer soy-
    mesme ;

Mais vous l'estes bien plus, ô beauté que i'honore,
Car mettant le caillou tout auprés de son feu,
Vous le verrez alors s'eschauffer peu à peu,
Où vous auprés de moy restez plus froide encore.

Puiſſance d'Amour.

Vous reſſemblez à la tortüe,
Qui donne vie par ſa veüe
A ſes petits pres de ſon bord,
Que dis-ie, ô beauté que i'adore,
Vos beaux yeux ſont bien plus encore,
Ils donnent la vie & la mort.

Le flambeau d'Amour.

Belle ne penſez pas que i'aye dans le cœur
Aucune affection qu'a voſtre œil mon vainqueur,
Encores que ſouuent ie viſite les belles :
Car lors que le Soleil ne paroiſt plus aux Cieux,
Et qu'il nous a caché ſes rayons gratieux,
Il faut tout auſſy toſt allumer les chandelles.

De meſme eſtant abſent de vos yeux enflammez
Si de quelq. autre amour mes eſprits ſont charmez,
Las! ce n'eſt qu'au deffaut de ma clarté premiere,
Car ſi toſt que Phœbus nous redonne le iour
Lon eſteinct les flambeaux, & moy tout autre a-
mour
Reuoyant les rayons de vos yeux ma lumiere.

L'Amour Courageux.

Ie ressemble au palmier, qui tant plus on le charge
Et plus haut vers le Ciel il se va sousleuant :
Aussy plus ie reçois d'ennuicts en vous seruant,
Plus mon cœur genereux resiste à son dommage.

L'Amour Auare.

Pour auoir ton amour, il me faudroit descendre
En grosses gouttes d'or comme fit Iupiter,
C'est la le seul moyen qu'il faut pour t'arrester,
Car par autre moyen tu ne te laisses prendre.

L'Amour Officieux.

Aussy tost que ie sçeu que ma belle Syluie
Desiroit mon trespas,
Ie saisy mon poignart pour m'arracher la vie
Priué de ses appas.

Mais comme i'estois prest de trauerser la riue
Du fleuue Stygieux,
Ie m'aduise, & luy dis, belle il faut que ie viue
Pour seruir vos beaux yeux,

Car la crainte que i'ay qu'vn autre ne vous serue
Comme vous meritez
M'empesche de mourir, & seul ie me reserue
Pour seruir vos beautez.

L'Amour Homicide.

Ie reſſemble au ſoucy qui perdant le Soleil
Si beau ne paroiſt plus, & en ſoy ſe retire,
De meſme dans mon cœur mille douleurs i'attire
Auſſy toſt que ie ſuis eſloigné de voſtre œil.

Que diſ-ie maintenant ie ne luy ſemble pas,
Car lors que le ſoucy recouure ſa lumiere,
Il retourne auſſy toſt en ſa forme premiere,
Ou moy voyant vos yeux ie reçois le treſpas.

L'Amour legitime.

Tout ainſy que lon voit l'oyſeau de Iupiter
Qui porte ſes petits vers la voute azurée
Pour voir s'ils pourront bien la chaleur ſupporter
Du flambeau radieux à la face dorée.

Ainſy mon beau Soleil, ayant patiemment
Supporté vos rigueurs tout le temps de ma vie,
Vous cognoiſſez aſſez que ie ſuis voſtre Amant,
Et que ie ne ſuis né que pour vous ma Siluie.

Le vray pyroſte.

Eſtant trop pres du feu lon ſe bruſle auſſy toſt,
Et ſentant ceſte ardeur alors on ſe retire,

Mais quoy que la chaleur de vos yeux soit bien pire,
Au lieu d'en reculer l'on approche plustost.

L'Amour subtil.

Venez Muses, venez d'une vistesse prompte,
Et ne delaissez pas un Amant au besoing,
Ayez de mon amour quelque fidelle soing,
Et faictes que bien-tost ma Maistresse se dompte.

Mais helas! maintenant en vain ie vous appelle,
Ie ne puis receuoir de vous aucun secours,
Ie ne sçaurois gaigner ma belle par discours,
Car les plus beaux esprits peuuent apprendre d'elle.

Dieux! que feray-ie donc? sembleray-ie à Tantale,
Verray-ie deuant moy le fruict sans y gouster,
Ou Sisyphe qui veut sa roche remonter,
Et plus haut la mettant plus bas elle deuale.

Mais pour m'oster trop haut, & pour trop entreprēdre
Ne sembleroy-ie point Icare ambitieux,
Non, plustost que tomber ie monterois aux Cieux,
Car n'estant que de feu ie ne puis pas descendre.

La cruauté d'Amour.

Vn perfide remply de toute Tyrannie
Apres vn peu de temps quittant sa felonnie,

Sa faute cognoissant il en deuient plus doux :
Mais tant plus que vos yeux s'adoucissent ma be
Ils font bien plus de tort à mon ame fidelle,
Car sans cesse ils la font mourir aupres de vous.

L'Amour Abusé.

Comme un enfant Romain dans son lict repos
Vn feu si violent dessur son chef luisoit.
Qu'on l'eust presque iugé du tout reduict en cen
Mais comme il apperçeut la lumiere des Cieux,
Cette ardeur s'amortist, & descharmant ses yeu
On luy vit sans danger tous ses esprits reprendre

Et moy par le recit qu'un chascun m'auoit f
D'vne que lon disoit auoir l'esprit parfaict,
Enflammé ie dormois assoupy d'ignorance,
Mais voyant sa beauté surpasser ses esprits,
La vertu cherissant i'en fis vn tel mespris
Que mon amour finist estant en sa presence.

l'Amour nuisible à soy mesme.

Ie ressemble le bois que lon met dans le feu,
Où par vn de ses bouts on voit vne eau s'espand
Que la grande chaleur faict sortir peu à peu,
Et lors qu'il n'en a plus il se reduict en cendre.

De mesme apres auoir tout respandu mes pleurs,
Et que ie n'auray plus qu'vn feu dedans mon ame,
Alors ie finiray ma peine & mes douleurs,
Et seray consommé par l'ardeur de ma flamme.

L'Amant Aduisé.

C'est faict, il faut mourir, puis que cette beauté
Qui tenoit dans ses las mon esprit arresté
Ne paroist plus au monde,
Il faut pour la reuoir aller trouuer Caron,
Affin de me passer le fleuue d'Acheron,
Et boire de son onde.

Que dis-ie maintenant, ie m'abuse ô bons Dieux,
Elle a si bien vescu qu'elle iouïst aux Cieux
De la vie eternelle,
Ou si pour la reuoir ie causois mon trespas,
Mon ame à vn instant deualeroit làbas
Coulpable & criminelle.

Et lors ie receurois deux enfers rigoureux,
L'absence de ses yeux, & l'enfer malheureux,
Digne d'vn parricide;
Il faut donc que ie viue attendant que la mort

Me face pour la voir ressentir son effort,
Et son dard homicide.

L'Amant parfaict.

Belle si le destin de nostre heur enuieux
Vous faisoit deualer aux enfers Stygieux,
Ainsy que fist iadis ceste chaste Euridice,
I'irois sans redouter les plus cruels tourments
Vous monstrer que ie suis la perle des Amants,
Et là ie vous rendrois preuue de mon seruice.

Orphée eut le pouuoir par ses diuins accords
D'esmouuoir à pitié le royaume des morts,
En ioüant de mon Luth ie ferois tout de mesme,
Ie charmerois Pluton & Proserpine aussy,
Et vous r'amenerois du royaume noircy,
Vous faisant repasser sur le riuage blesme.

Mais si pour le desir que i'aurois de vous voir
Ie me tournois vers vous, manquant à mon deu,
Ainsy que fist Orphée en perdant sa chere ame,
Vous perdant ie serois plus fidelle en amour,
Car il veit derechef la lumiere du iour,
Et moy ie vous suiurois dans l'infernalle flamme

I'Aman

L'Amant mal recompensé.

Ma maistresse voudroit que ie fusse au tombeau
Perdât de ses beaux yeux l'vn & l'autre flambeau,
Ie le voudrois aussy c'est toute mon enuie,
Ce qu'elle veut me plaist, ce qu'il luy plaist ie veux,
Ie suis prest de quitter l'or de ses beaux cheueux,
Consacrant à ses pieds mon honneut & ma vie.

Mesme i'aurois desia contenté son desir,
Mais d'autant que mourant ie luy ferois plaisir,
Elle ne le veut pas, & me dict à toute heure
Non, non, ie ne veux point que tu meures pour moy,
Ie ne veux receuoir aucun plaisir de toy,
Vis donc sans esperer ta fortune meilleure.

L'Amour renaissant.

Ie suis en vous aymant comme l'vnique oyseau
Qui de viure lassé se brusle pour renaistre,
Car aupres de vos yeux ie reçois le tombeau,
Puis estant consommé ie reuiens en mon estre.

Mais c'est pour endurer vn eternel tourment
Que ie renais si tost que i'ay perdu la vie,
Où luy tout au contraire, il se va consommant,
Affin de voir du tout sa vieillesse rauie.

F   L.A.

L'Amant Regretté.

Où es tu mon espoir? lumiere de ma vie,
Quoy? peus tu bien absent viure encore sans moy?
Ha! reuiens mon amour, reuiens, approche toy,
Ma fidelle amitié maintenant i'y conuie.

Quoy? voudrois tu sembler vn pariure Thesée,
Vn Iason remarquable en infidelité,
Plustost dans vn tombeau mon corps soit appresté,
Qu'vn autre plus bel œil t'aye l'ame embrasée.

Le tourmēt qu'en mō cœur à toute heure i'endure,
Est mille fois plus grand qu'vn rigoureux trespas,
Car sans cesse ie souffre, & si ie ne puis pas
Voir mon malheur enclos dessoubs la sepulture.

Tu sçais qu'vn bel amour merite recompense,
Ie ne manquay iamais en mon affection,
Ie t'ay tousiours aymé sans nulle fiction,
Represente toy donc ma fidelle constance.

Ha! reuiens mon soucy, reuiens pres de ta belle,
Qui sans cesse pour toy ne faict que souspirer,
Reuiens pres de mes yeux qui ne font qu'aspirer,
De te reuoir vn iour en amour plus fidelle.

L'ab.

L'absence profitable.

Mercure & Cupidon eurent vne querelle,
L'vn pour me retenir, l'autre pour m'emmener,
Cupidon ne vouloit du tout m'abandonner
Desireux de me voir tousiours pres de ma belle.

Mercure d'autre part, m'attiroit au voyage,
Ne sois pas, disoit-il, si constant en amour,
Tu peus bien pour vn temps t'absenter de la cour,
Et de celle qui tient ta belle ame en seruage.

A ces mots Cupidon me dict plein de colere,
Amant si tu t'en vas tu peus bien t'asseurer,
De ne pouuoir iamais aucun bien esperer,
En celle à qui tu doibs par ta constance plaire.

Alors Mercure dict, Cupidon ne t'irrite,
Le subiect qui me faict l'emmener de ces lieux
N'est que pour luy mõstrer qu'il n'y a soubs les cieux
Beauté qui soit semblable aux yeux de Marguerite.

Souhait preiudiciable.

Endoxe nuict & iour alloit priant les Dieux,
Qu'il peust voir de bien pres le soleil radieux,
Puis en estre bruslé deuant que de descendre :
Et ie prie l'amour me mettre seulement

Quelque temps pres de vous à mon contentemēt,
Puis estre par vos yeux du tout reduict en cendre.

L'espreuue d'amitié.

Ie ne suis point de ceux qui d'vne ame legere,
Sans cognoistre les cœurs ayment parfaictemēt,
Vne telle amitié n'est rien que passagere,
Elle ne peut auoir qu'vn foible fondement.

Souuent la bouche dict ce que le cœur ne pense,
Elle est pleine de miel, & le cœur plein d'amer,
Qui d'vn amy parfaict a eu la cognoissance,
Comme vn rare tresor il le doibt estimer.

Le fin or se cognoist par la pierre de touche,
Les arbres par leurs fruicts, & par le fer l'ayman,
Mais l'homme ne se peut cognoistre par la bouche,
Car souuent il promet, & faict tout autrement.

L'Amour glacé.

Ballet des Moscouites
aux Dames.

SI vos ames ne peuuent aymer,
C'est l'amour qui ne sçauroit vous enflammer,
Car son arc, ni ses traicts,

Ny ses amoureux attraicts,
N'ont sur vous le pouuoir
De faire voir
L'effort de son vouloir.

Belles Dames ce sont vos rigueurs
Qui causent qu'il ne peut eschauffer vos cœurs,
Les neiges de vos seins
Luy empeschent ses desseins,
Et son feu d'allumer
Pour animer
Vos cœurs à nous aymer.

Donc mes belles quittez vos froideurs,
Lors l'amour vous fera sentir ses ardeurs,
Aussy tost vos esprits
De ses feux estant espris,
Se trouueront heureux
Et desireux
Des plaisirs amoureux.

Ballet des Foux
STANCES
aux Dames.

Ne vous eſtonnez pas de voir dans l'vniuers
Tant de Foux differēts, iaunes, blancs, gris, & verds
Et que iamais vn d'eux à l'autre ne reſſemble,
De la diuerſité n'ayez point de ſoucy,
Tout le monde le faict ainſy que bon luy ſemble,
Et ſi vous le faiſiez vous le feriez ainſy.

La folie eſt vn mal qui s'attaque ſouuent
Aux plus rares eſprits, & les va deceuant,
Bien-heureux eſt celuy qui peut demeurer ſage,
Tél croit l'eſtre en effect, qui ne l'eſt du tout point,
Et qui iamais n'en fiſt aucun apprentiſſage,
Ne voulant pas ceder à perſonne d'vn poinct.

Mais nous ne ſommes pas en ce mal deuenus
Pour vn autre ſubiect que pour aymer Venus,
Car l'amour ſeulement eſt celuy qui nous lie:
Belles puis que vos yeux nous ont cauſé ce tort,
Ne vous offencez pas de voir noſtre folie,
Et par vos doux baiſers euitez noſtre mort.

BALLET DES MORES.
STANCES AVX DAMES.

Ces Mores espris de l'amour,
Conduicts de leurs chef plein de flammes,
S'en viennent pour faire seiour
Aupres de vos beautez mes Dames,
    Esperant que vos cœurs,
    N'useront de rigueurs.

Belles ne les refusez pas
De vos amoureuses caresses,
Et faictes par vos doux appas,
Qu'ils se loüent de leurs maistresses,
    Car leurs cœurs enflammez
    Sont demy consommez.

Leur teint noir monstre assez comment
Les flammes d'amour les martyrent,
Chascun d'eux se va consommant
Si vos beaux yeux ne les attirent
    Aux doux contentements
    Des fidelles amants.

L'espoir qu'ils ont tous de trouuer
Secours en vos beautez aymables,
Les faict dans ce bal arriuer,
Ioyeux de ne voir vos semblables,
    N'ayant autres desirs
    Qu'aux amoureux plaisirs.

Le Capitaine à sa Dame.

C'est pour vous seule mon soucy,
Qu'ils sont par moy conduicts icy,
C'est pour vous belle Marguerite
Que i'ay mon pays delaissé
Pour adorer vostre merite,
Croyant estre recompensé.

Chanson en Dialogue.

L'AMANT.

BEaux yeux qui m'allez consommant
    Quand amortirez vous ma flamme?

LA DAME.

Retire toy perfide Amant,
Tu n'as point de constance en l'ame,
    C'est pourquoy ie iure ma foy,
    De n'auoir point pitié de toy.

L'AMANT.

I'aymerois mieux souffrir la mort
Que d'estre accusé d'inconstance,

LA DAME.

Ie ne t'accuse point à tort,
I'en ay par trop de cognoissance.

C'est

C'est pourquoy ie iure ma foy
De n'auoir point pitié de toy.

L'AMANT.

Il me faut donc mourir d'amour
Si vos rigueurs sont tousiours telles:

LA DAME.

Si d'amour tu meurs quelque iour,
Tes gloires seront immortelles,
Alors ie te iure ma foy
Que i'auray du regret de toy.

L'AMANT.

Me regrettant bien plus heureux
I'iray dans la plaine Elisée,

LA DAME.

Tu es vn fidelle amoureux,
Et tu rends mon ame embrasée,
Vien ça mon cœur approche toy
Baise moy i'ay pitié de toy.

Chanson.

L'On ne voit rien au monde
Qui puisse estre constant,
Le Ciel, la terre, & l'onde,
D'vne mesme façon ne se vont agitant:
Lon voit tout ordinairement
Estre subiect au changement.

La Celeste lumiere
Du monde d'icy bas,
D'vne mesme maniere
Sa carriere faisant ne nous esclaire pas,
    Lon voit tout ordinairement
    Estre subiect au changement.

Les bois & les bocages
Delectables aux yeux,
Vont perdant leur feüillages
Ressentant la froideur de l'hyuer ennuyeux;
    Lon voit tout ordinairement
    Estre subiect au changement.

Les aggreables prées
Que lon voit au printemps
De couleurs diaprées
Ayant perdu l'esté ne durent pas long temps.
    Lon voit tout ordinairement
    Estre subiect au changement.

En fin tout est muable,
Et dessur tout l'amour
Qui n'est iamais durable
Changeant de volonté mille fois pour vn iour.
    Lon voit tout ordinairement
    Estre subiect au changement.

Qui veut bien-heureux viure
Exempt de passion,

L'inconstance il doibt suiure,
Et n'auoir dans le cœur aucune affection,
Prenant pour son contentement
Tout ce qui tient du changement.

Chanson.

Vn iour la beauté que i'honore,
S'en alloit du tout mesprisant
Le petit Dieu que l'on adore,
Et quelquefois en deuisant
    Elle disoit qu'en ceste cour
    Les filles n'auoient point d'amour.

Ie crois bien que dedans son ame
Elle auoit de la fiction,
Mais pour penser cacher sa flamme
Et l'amoureuse passion,
    Elle disoit qu'en ceste cour
    Les filles n'auoient point d'amour.

Ainsy pensant faire la fine
Elle mesprisoit son vainqueur,
Et bien que ie visse à sa mine
Que l'amour logeoit dans son cœur,
    Elle disoit qu'en ceste cour
    Les filles n'auoient point d'amour.
Mais bien qu'elle soit si discrete,
L'amour qui captiue les Dieux

Fera que sa flamme secrete
Apparoistra dedans ses yeux:
En la forçant de dire vn iour
Que les filles bruslent d'amour.

Chanson.

Ingrate, perfide, & volage,
Que i'ay seruy fidellement,
Quoy? pensez vous estre bien sage
De me quitter en me blasmant,
Mais ce n'est rien d'estrange
Vous n'aymez que le change.
Cent fois vous m'auez faict promesse
De n'aymer point d'autre que moy,
Et ie voy perfide maitresse
Que vous m'auez faussé la foy,
Mais ce n'est rien d'estrange
Vous n'aymez que le change.
Quand vous iurez dedans vostre ame
D'aymer & cherir vn amant,
Le lendemain d'vne autre flamme
Vous ressentez l'embrasement,
Mais ce n'est rien d'estrange
Vous n'aymez que le change.

Chan-

Chanson.

De quoy seruiroit ma rebelle
De vous estre parfaict amant,
C'est dommage d'estre si belle,
Et n'auoir point de iugement.

Ie vous croyois estre plus sage,
Mais le contraire i'ay cognu,
C'est peu d'auoir vn beau visage
Qui n'a pas l'esprit retenu.

Doncques ne trouuez pas estrange
Si mon cœur ne peut s'enflammer,
Iamais mon courage ne change,
Adieu ie ne puis vous aymer.

Caprice.

Monseigneur ie suis en esmoy
De vous voir fasché contre moy,
Ie n'en sçaurois iuger la cause,
Dont iour & nuict ie ne repose,
Ie me suis mis en Harlequin,
En Pantalon, & en Faquin,
I'ay faict le fol à l'aduenture,
I'ay faict grimasses en posture,

Ayant vn extréme desir
De vous donner quelque plaisir,
Que feray-ie donc pour vous plaire
Pour appaiser voftre colere,
S'il vous plaist que i'aille en enfer
Pour voir ce que faict Lucifer,
I'iray mais non pas en la forte
D'Hercule qui fauffa la porte,
Ni comme vn Rodomont vaillant
Qui l'enfer alloit bataillant,
Ni comme vn amoureux Thefée
Qui fentoit fon ame embrafée:
Mais i'iray par mes doux accords
Rauir le royaulme des morts,
Prenant ma gloire & mon trophée
Tout ainfy comme fift Orphée.
Dequoy doncques vous pleignez vous,
S'il vous plaift fortez de courroux,
Voftre amitié m'eft profitable,
Elle m'eft du tout delectable:
Vous dictes que ie fuis leger,
Vn inconftant, vn paffager,
Mais faictes moy donner des dalles,
Des chefnes d'or, & des medalles,
Et alors plus lourd ie feray
Puis icy ie demeureray.

Autre-

Autrement si ie continuë
Ie seray porté dans la nuë,
Car la grande force du vent
M'emporteroit le plus souuent
Dessus quelque haulte montaigne
L'hyuer est grand en Allemaigne,
La neige y dure fort long temps,
Les glaces & le mauuais temps,
Ie crains que si le vent s'irrite
Ie ne sois vn tour en Egypte,
Sur les pyramides porté
Iusqu'a tant que vienne l'esté,
Ou sans vous rendre aucuns seruices
Ie pescherois des escreuices.

Quatrain.

Ie ne m'offence point, ô Royne sans pareille,
Si lon dict que pour vous ie n'ay point ces vers,
Car ils sont trop mal faicts pour dire la merueille
De vostre Maiesté perle de l'vniuers.

Stances.

Mortels qui sans raison viuez brutalement,
Qui ne vous souciez d'aucun commandement
Du grand moteur du ciel, de la terre, & de l'onde,
Helas!

Helas! confiderez que vous né pourrez pas
Par vos riches trefors euiter le trefpas,
Et qu'il vous faut quitter la vanité du monde.

Vos vies font ainfy comme vn beau iour d'hyuer
Qui finit auffy toft qu'on le voit arriuer;
La mort vous fuit de pres, l'heure en eft incertaine,
Il faudra defloger de ce terreftre lieu
Pour aller receuoir le iugement de Dieu,
Et felon vos meffaicts en endurer la peine.

Vous ne voulez en Dieu la grace rechercher,
Vos cœurs font endurcis, tout ainfy qu'vn rocher
Qui refifte aux grands flots des ondes efcumeufes,
Vous eftes tellement aux plaifirs addonnez
Que vous allez fuiuant le chemin des damnez,
Pour eftre mis au rang des ames malheureufes.

Tous les contentemens & les fales esbats
Que vous pouuez auoir en viuant icy bas
Se pafferont bien toft, ayez en repentance,
Car lors que vous ferez aux abbois de la mort,
Et qu'elle vous fera cognoiftre fon effort,
Il ne fera plus temps de faire penitence.

Dieu ne demande point voftre perdition,
Car il vous tend les bras en toute affection,
Vers luy renenez donc, & qu'vn regret vous touche,

Deman-

Demandez luy pardon de l'auoir offencé,
Et d'auoir employé si mal le temps passé,
Ayez sa crainte au cœur, & son nom dãs la bouche.

Stances.

Ie ressemble à celuy qui se voit sur la mer
Au danger des grands flots que lon voit escumer,
Car alors, ô Seigneur, il t'appelle & t'inuoque,
Mais voyant le vaisseau dans le port se ranger,
Et se sentant exempt du perilleux danger,
Il t'oublie à l'instant, & de la peur se moque.

Tout de mesme Seigneur lors que ie suis touché,
De ta diuine main ie cognois mon peché,
A toy i'ay mon recours, & pardon ie demande,
Ie dis en te priant ie me conuertiray,
Mais si tost que mon mal s'est de moy retiré,
Comme obstiné meschant iamais ie ne m'amende.

Ie suis comme l'oyseau qui ne peut eschapper
Des filets qu'on luy tend affin de l'attraper
Par les friands appas que l'oyseleur y iette,
Car Sathan m'a si bien dans ses las arresté,
Par les plaisirs mondains, & par la volupté,
Qu'il tient dessoubs sa loy ma pauure ame subiecte.

G   Mais

Mais las! mon createur ne vas point permettant
Que ce fier ennemy qui me va combattant
A la fin de mes iours ma pauure ame rauisse,
Que de ton sainct Esprit ie sois illuminé,
Et que doresnauant ie ne sois incliné
Qu'à rechercher le bien en abhorrant le vice.

La punition d'Amour.

Apres auoir finy le reste de mes ans,
Si comme vn idolatre aux enfers ie descens
Pour auoir adoré vostre beauté mortelle
En laquelle on ne voit qu'vne legereté,
Pour m'auoir en amour vsé de cruauté,
Vous y viendrez aussy coulpable & criminelle.

Et aurez deux enfers à la fin de vos iours,
L'vn pour m'auoir esté si perfide en amours,
Qui sera cét enfer auquel Pluton commande,
Et l'autre de me voir sans cesse deuant vous,
Et moy ie ioüiray d'vn Paradis bien doux,
Vous voyant pres de moy dans l'infernalle bande.

FIN.

www.ingramcontent.com/pod-product-compliance
Ingram Content Group UK Ltd.
Pitfield, Milton Keynes, MK11 3LW, UK
UKHW022039170726
13837UKWH00002B/683